繁星燦燦

島／來者——著

獻給
曾珍珍老師
及
美麗的東華與生命

序

感謝翻開這本詩集的你們。

在許多人幾乎不閱讀的現代，你們願意打開這本詩集，身為作者的我無限感激。希望你們能在詩集裡有所收穫。

如同許多其他詩人不對自己的詩作評論，我也不準備針對個別詩作解讀，以保留讀者自得的樂趣，但由於個人重視作品結構的關係，以下我仍對詩集的設計做些許講解，讓讀者更能理解部分詩作還有詩集創作的背景。

〈繁星燦燦〉是三部曲的第三部，前兩部分別為〈太古之上〉和〈2010GTX〉。原則上從〈太古之上〉開始，到〈繁星燦燦〉完結，但就概念上其實沒有特定的順序，三本詩集是一個循環。

「妳留下的不是悲傷」一詩源於一場意外，如果可能，我寧願這場意外從來沒有發生，但也因為這件事，重燃了我完成三部曲的意念。原本沒有要把這首詩放在詩集的一開始，而是要用「銀柳／天狼星群」來開頭，但思索之後覺得並無不可，某方面來說也許更有意義。曾珍珍老師出現在對我意義非凡的東華，在我身上留下巨大的影響。

詩集裡有兩首標註「行星組曲」的詩，它們其實共有四首，另外兩首分別收錄於〈太古之上〉和〈2010GTX〉。建議的閱讀順序為「銀柳／天狼星群」、「太古之上」、「女王」、

「光」，但跟三部曲一樣，它們是一個循環，沒有一定須從哪一首開始。

〈繁星燦燦〉使用星座作為結構，是因為星座是很好的象徵體系，在這裡跟命理沒有關聯，也希望讀者能藉簡單的分類快速找到詩作的特色，享受其中的趣味。

進入大學才大量接觸文學的我，深受西洋文學影響，也因此在作品中繁引西洋文學典故；除了互文，也是與前輩的角力，比起爭勝，更希望能如雅各獲得祝福。

完成〈繁星燦燦〉，心中頗有感慨。自一開始就設定要寫三部曲，可是進度緩慢。最早出版的是〈2010GTX〉，作為首部曲的〈太古之上〉反而較晚出版；主要是因為想在〈2010GTX〉強調當代感，原本希望在2010年就可出版，可是後來一拖再拖，在覺得實在不能再拖下去的同時，以兩個禮拜自虐式地閉關創作，補齊短少的零件後，匆匆付梓。接著就是持續的創作乾旱。〈太古之上〉也是在類似的情境下面世，除了疲累跟絕望，實在也不知道該如何繼續，一度閃過暫時放棄完成三部曲的念頭。可是如同前述，曾老師的事件改變了我的想法。

創作是條艱辛的路，常須把精神推向極限，像是馬戲團的走索或逃脫藝術，一不留神就會出錯；另一個角度來看，卻又像日本綜藝節目常見的一秒賣萌搞笑，表演者須從事先準備好放在公桌上的道具拿起其中一樣或數樣做模仿或表演，並立刻把觀眾逗笑，否則可能就得在一陣尷尬和疑惑中離場。當代成功，實屬不易。把這兩個比喻放在一起，令人想起袁哲生。袁哲生曾說，「人生多麼短暫啊，好似潮溼的黑屋裡才剛切上一盞燈，便立刻斷了保險絲，這一眨眼功夫怎麼能看得夠？」

偏偏現代的演算法極為殘酷，無法配合多數人閱讀偏好的作品恐怕難以存活，連痕跡都無法留下；而生命的演算法更是殘酷，對照袁哲生的後來跟綜觀華文創作者的境況，實在令人不勝唏噓。

所以，創作是為了什麼呢？

我想如同生命中許多難解的問題，這個也不好回答。

雖然我覺得我可以用更多字表達，但有一首詩在此刻值得援引：

辛夷塢（王維）
木末芙蓉花，山中發紅萼。
澗戶寂無人，紛紛開且落。

前Apple執行長賈伯斯（Steve Jobs）在他著名的史丹佛演說裡將他成立公司跟後來的成功歸因於一堂書法課，並將生命中的際遇比喻作連連看的黑點，在遭遇的當下無法確知事物的原由，要在之後才能將點連起，繪出帶有意義的圖案。

生命與創作或許亦如是。

我們也只能往前走下去，直到再無法前進為止。

我們的軌跡化作星光，或在後人眼中成為星座。

然而花不為誰而開，星星不為誰閃爍。萬物無價，觀者沽之。

我的創作是我的逃脫藝術，是我跟死亡之間的拔河。

賣萌的我所拿起的道具是繁體中文跟西洋文學，除求搏君一笑，在每個表演之間，也是我對死亡的回應。完成三部曲的同時，這局似乎是由我勝出了。

帶著迷惘和許多其他複雜的情緒，我將繼續向前，希望現在的自己尚未攀至天頂，自我燃燒之後，在未來終能點亮夜色，伴來者一段。

島／來者

2019. 5.1　台南

目次

LIBRA

SCORPIO

CANCER

妳留下的不是悲傷～紀念曾珍珍老師

春日濛濛的細雨
是一張半透著光輕舞微曳的紗
鋪在因露發光的草地
等待牠昂首闊步
鮮豔地踩出一首富饒奇趣的詩

我曾如何定睛望著那片飄濡薄霧的海
以至於視線潤濕
朦朧得難以刻上一記標點
而在那樣的模糊裡
也才能看見、憶起
光彩繽紛、稜角分明的山色

閒逸的午後碧影相映
清脆的鳥鳴讓藍天更加清麗
躲在茂密的樹叢底
是勤勉不懈的蜘蛛
來來回回勾針般地織著她
隨時可被撕裂的紗衣
本是如此
若裂了就重新織起
慢慢地耐心地
像海潮往復地洗磨沙地
本是如此
如繁花盛開我們如繁花凋落

無所謂應當或不應當的時刻
無論我們如何獨特　我們難脫尋常

若是如此
為何我們還會畏於那不可知的神祕
以憤怒抗拒著開始
或以憤怒抗拒著結束[1]
彷彿除了淚水
憤怒是我們唯一的武器

而憤怒或莫過於那年秋初
大地轟隆巨響[2]
萬物驚動
那可是天地的憤怒？
在這神祕的震動面前我們不失虔敬
但了然於心
唯有夜幕低垂
方見天空閃閃發亮
尋常當以尋常發穗
用神祕去叩答神祕

---

[1] 史詩伊利亞德（Illiad）開頭阿奇里斯因未得相符的戰功與
　　獎賞，憤而拒絕出戰，但照預言指示，他若出戰，雖可
　　獲取榮耀，但也無法逃避死亡；詩人Dylan Thomas於"Do
　　Not Go Gentle Into That Good Night"一詩盼對死亡投以憤
　　怒，而非屈服。
[2] 1999年921大地震。雖在那年夏天吳潛誠教授不幸離世，
　　但也在那年921之後關於東華創英所的規劃展開成形。

然而我們該如何回憶那段時光？
那或許再尋常不過的課堂
群山靜止如畫
我們的心卻如波光翻湧不止
不論是那時或這時
我們其實也都只是困於各種日常
而理所當然地對自己憐憫
或許也必須在這樣的日常之中
我們才能讓自己離脫
如一枚枚的穀殼

但那更豐美的我們哪裡去了？
我們總像穿著不合身的外衣
卻無法改變自己的穿著
看過多少蛻下的衣裝
我們卻總只是等著

當再相見只覺暈眩
恍惚
恍惚模糊得像清冷的水霧
將一切灼痛得朦朧
唯在耳邊響起那熟悉的絮叨
尾韻鮮豔
音節清脆鏗鏘
一遍接著一遍

沒有止息地
如海如潮
終在不自覺跟著吟誦之時發覺
不斷轉韻的長詩熠熠生輝
我們是沒有標點的詩行
孜孜矻矻　昂首闊步
看似往復地向下勾織
無論我們如何躲進日常
我們絕不尋常

大海舒展
繁星綻光
妳留下的不是悲傷

銀柳／天狼星群（行星組曲）

我們以為天狼星的步聲已遠
其實只是因為我們身上再無牠感興趣的氣味
所以到頭來，當我們以為故事終結
我們離開
去找尋我們熟悉但失去的一切

他們說凡是在那水裡沐飲的
一切都將潔淨　等壽天地
而我只想找回喝下那口河水前
所有有關妳的一切

最困難的挑戰是憶起我們的真名
在重重陰鬱的黯林裡
我們尋找屬於自己的根源
一張張黯淡的臉
垂目等待
如果選錯了
我們就得留下
成為英靈殿裡飄散不去的魂魅

我知道我說了錯的答案
當被問及有關妳
我將永遠停在這裡
我的雙腿延伸至地底
儘管我知道下一個我仍將尋妳

當我們的根彼此觸及
織成網絡
我也才想起那時的事

曾經我們也那麼輝煌
輝煌地令人目盲
我們齊聚在她肩上
她燃燒
並充滿光芒

我們與天比肩
我們是她明亮的花葉
我們根源於她
我們是她

直到我們落歸塵土

但我們並非被人射下
我們是她悲憫的淚水
血是我們的土壤
在血裡沐浴我們在血裡茁壯
當我們以她存在
我們也同她不朽

然而漸漸妳不會記得我了吧
茫然的森林如妳浩瀚的星圖

綴刺的鐵蒺藜
為了血而舒展
唯有疼痛才讓我們清醒
我們是妳的荊棘王冠

他們問我那是何時的事
但我真的記不得了
我的根深深扎進大地
穿過長遠的夢境與記憶
季節再絢爛再奇異
也無從抗拒
靈動的狼群與豹影
隨蒼白月色
臥睡林蔭

晨曦終將沉入日落
盛陽只是典範短暫的隱喻

親愛的　我要如何停止想妳？
妳是啞啞肆虐的蕈群
鏽上我粗糙淳潤的身體

親愛的　我要如何停止想妳？
熱帶迴旋往復的溼疹
好發於這片煙霧瀰漫的叢林

我疼切地呼喚
如旱地呼喚雨季
渴望妳的熟成的莓果
腐爛於尋妳的墜落
癲狂的癢難止
是蔽空震耳的蝗害
將炸得蓊鬱蜷曲的山蘇
啃作蔗渣
無名的研磨
將我搗成粉末
苦澀的旋轉裡消融為泡沫

吾輩虔敬
忠心如清澈的池
無心且無機
乾淨得容不下一抹詩行[3]
但不曾放棄抵抗　畢竟
執拗的牙
不論幾次都會自土裡抽長
流梳撰織永恆的榮光

死亡清洗我們的罪過
為了贖罪我們不斷地活

---

[3]　水清無魚，指水若太清澈不具養分，魚也無法存活。

翩然銀柳
終究帶走文明的墨[4]

親愛的　我要如何停止想妳？
當妳不再是妳　我仍知
妳是妳　我們是妳

我無法忘記妳
我無法忘記
殘留在臂膀與肩上的重量
妳的微笑
溫暖得如夏末窗櫺底的光
幽幽閃爍的夜
每一絲微風
都是妳溫和但多變的音聲
不會忘記的
只是妳不知道
我說的是多麼遙遠的過去

有雨的那天碎綠一片
朦朧地篩灑下對妳的思念
就在我幾乎習慣了這充滿瑕疵的日常
才突然驚覺
我們已不自覺停止了

---

[4]　一些國家如荷蘭已嘗試以植物淨化受重金屬汙染的土壤。

回到尊貴的妳身邊
所以
再一次我們脫巢而出
我們的足跡是星屑紛紛
我們當創造屬於自己的軌跡
不論幾次都從星光抽長
任星雲埋藏我們太多的過去
穿過暗影穿過迷光穿過無數綿延亂舞的印記

Monoply

現在不買以後一定會後悔
一直是這樣聽說的
哪怕是一小片
哪怕是從別人那裡
現在猶豫的話
下一圈就會翻倍了
（只能現在把珠子丟下去了？）
進場的時候已經先付了入場費
命運已經沒有機會
現在就必須決定
否則再無法
安身立命
別怕
還有時間
只要四十年或者五十
與世世代代的安泰
相比　不是很划算很便宜嗎？

輪
耕

必須睡過七點
在那之前就會上學去了
做好早餐　跟著出門
麻雀彷彿正唱著歌
我知道她已經厭倦
這麼多年每天偷上一炷短香
今天也會加班
在小酒吧裡與媽媽閒談
光鮮的科技背後只是偷盜
她露出會心但無人相信的微笑
每晚我都想著帶她回去
希望他終有一日理解
路燈閃爍　蒼蠅盯著
門的後頭
一家之主
也不過如此

一個屋簷

我躺在這裡
血在兩腿之間漸漸乾了
洗衣機轟隆隆轉著
愛
從來就不乾淨

我躺在這裡
身上的火已熄滅
邊城焦黑
硃砂
盡自由最大的限度
揮灑亂舞

我們躺在這裡
腐爛的蕃茄
汁化成水
落成潯暑無數
肉排與蔬菜
漢堡平等吃起
隨行號展店
不定期換餡

埋藏（界限組詩）

我橫躺於此　水平
他們知道的　這並沒有什麼
當他們在拉扯衣袖
對彼此的莽撞抱歉
他們知道的　我正醒著
而這並沒有什麼
我只是碰巧尚未入睡
沒在最尷尬的時刻別開眼
在漫漫長夜中陷入漫漫長夜
他們止不住淚水不停地道歉
我知道的　但無法阻止
也只剩眼球聽話
痛苦哽在喉頭
一個字也無法說出

但我醒著
當我垂直橫躺於此
我看見他們圍坐
手挽著手
呼喚我的名字
彷彿他們對我無比想念
但我不會受騙
不會像那時看他們親切
柔和地笑
雖最後淚眼婆娑
仍將口罩摘掉

我知道　但無法阻止
話哽在喉頭無法說出
那天之後我能感覺他們
來回踱步　輕聲
細語地交代這些那些種種的細節
我太想聆聽　訴說
以至於我的身體漂浮
穿上整間木櫥

「我不曾遠離
長夜無盡但我不曾遠離」

我該如何訴說？
漫長的黑暗
雖然我能看見
也只能看見
我的手纏上了苔
一吋一吋地蓋過壁癌
我的腳長成藤蔓
匍匐地爬滿地板
我垂下睫毛
呼吸
貪婪地
彷彿從未品嚐過
那無味的氣體

我看著他們
在夜晚觸摸他們
嗅舐他們
個別的氣味

我不曾遠離
我想告訴他們
我不曾遠離

所以他們呼喚我的名字
圍成一圈
問著問題說安撫的話
像是哄任性的孩子入睡
但我們不會輕易失眠
如同我們不會輕易沉睡

圃裡的豆莢都為我睜開了眼
他們只能等待跟我有共通的言語
隨著豆芽與樹彼此纏繞
我們的心就更加緊密更加扭曲

然而我們不是最後
我們長成了樹
樹長成了屋
屋再長成樹
等待新的房客

我們張開千萬隻眼
注視
等待他們聽見
我們多麼不願沉睡
如同他們不會輕易失眠

不曾遠離
我們不曾遠離
長夜無盡
但我們不曾遠離

Winchester[5]

宅邸在宅邸之上增生
房間以房間為巢八方擴延
再精明的鬼魂也無能參透
這不斷變形的謎題
而我們也如此記憶過去的痕傷
以遺忘追困
糾纏不清的創痛

我們是一把把上膛的槍[6]
緊繃的弦，賜死—
不請自來的不速之客
我們為此而生
是鎮魂的音符
樂曲充滿硝煙　彼此銜尾
多面多邊

---

[5] Winchester Mystery House: 係來福槍鉅賈William Winchester遺孀Sarah Winchester所建。據傳屋宅長年受遭Winchester來福槍奪走性命之鬼魂縈繞，不斷處於擴建及改建的狀態。

[6] From Emily Dickinson，"My Life had stood – a Loaded Gun（764）"

嚐過未經人手的美酒—[7]
便無權死去
藍天澄澈
為盛陽傾倒

7　From Emily Dickinson，"I taste a liquor never brewed –
（214）"

往日書簡

一張已經開始微微泛黃的信紙
沒有收件人也沒有地址
或許寫這封信的時候就沒有想過寄出
信的內容很短
卻全躺在一片渲染過份的痕漬
裡面曾經有著什麼樣的故事？
憂愁的青年或者
激昂的愛憎
或者深刻地足以刻骨的情懷…
都已經難以辨認
只是一窪淺池　不生情思也難興愛恨

玫瑰

我是一朵絕美的玫瑰
嬌嫩欲滴
驕傲地橫發於這腥沃的土地
但那泥堆飽泛露光
在溫暖的斜陽下微微吐芳
我的枝葉輕輕顫血
泫然欲泣得
如我涼陰乾燥的花蕊

露　　　清晨雨霧霏霏
　　　　洗亮了蓬亂但銳利清麗的草地
　　　　石碑高矮不一　成阡成陌
　　　　無語如落定的棋子
　　　　我游移不定
　　　　漫步於草石之間
　　　　思索一方屬於我的棋格

　　　　碑前的花還散發香氣
　　　　碑上的文字肯定刻得比想像的深
　　　　我們曾經默然
　　　　對不可知的因果無語
　　　　但當行思於此
　　　　恐怕都不禁肅穆
　　　　那草
　　　　已高過我們

　　　　貓有九命　狐有九尾
　　　　那些神話曾聽來如此荒誕不經
　　　　卻在此刻如雷貫耳
　　　　我們不為自己而來
　　　　也不為自己離開
　　　　我們從來
　　　　就無法離脫彼此的糾纏
　　　　即使入了土
　　　　我們的手還將從他們的穿出

為了那些望眼欲穿的
傾巢而出

所以這些長久的靜默
不當為了感傷
而當為由衷的懺悔
以介於兩者之間
最中庸的姿態
屈膝叩拜
一把火
把自己連根燒毀
一片草葉只托一顆露水的重

本來黑夜就遠長過白晝
曦色喧騰　牝雞司晨

但我如何忘記你們的眼眸？
你們是我的光　我的火
我的夜　我的土
淚水化作朝露
縱是荒漠縱是焦土
為了此刻　鎮夜醞釀
響過春雷
破石而出

LEO

尋 找 Molly

不要溫順地走進那耽美的夜[8]
燃燒、燃燒她騷羶的一切！

所謂只要有第一扇窗破了
剩下的窗也無法完整
但我要說的不是這個
只是今晚當Lilly砸破那排發金光的落地窗
猛然我想起這麼一個說法

Lilly, Mary和Candy
拉著Cherry
跟著我一起去找Molly

那句話是怎麼說？
天生我材必有用
千金散盡還復來
我的肉體是暴力的容器
刺青下的力量源源不絕
罌粟和古柯鹼
彼此駁火　最終在血裡蓊鬱

---

[8]　From Dylan Thomas，"Do Not Go Gentle Into That Good Night"

我的身體是孕育城市的阿卡迪亞
野獸群聚　穴居
吞骨噬膚
死去的麥子煉就更奇的毒
Mary砸爛虛偽的電視機
推倒違法亂紀的酒瓶

Lilly, Mary和Candy
拉著Cherry
跟著我一起去找Molly

多少張邪惡的唱片
流動腐化世人的靡靡之音
扭腰擺臀以為超脫
搖頭晃腦以為不俗
同志
不要溫順地走進那耽美的夜
燃燒、燃燒她騷赧的一切！

家族是根
我們離樹不遠
敲開櫥櫃
撬開門扉
撬開的Candy和Cherry
叫他們去享受一場扣人心弦的髓內出血
找不到我們的Molly

只好把他們的小孩撬開
敲開

我們是耽美溫順的夜
我們燃燒這虛偽的一切

Lilly, Mary和Candy
拉著Cherry
一起去找Molly

在我們之前
沒有什麼可以躲藏
Molly的聲音
再再令我們清醒
她是無盡的夜
唯一能讓我們安睡的羽被
她的注目
讓我們脫除桎梏
但
不要溫順地走進這耽美的夜
燃燒、燃燒她騷赧的一切！

猴戲團

該說是奇異還是獨特
熊用手走路
狗只用後腳奔跑
猴子用盡各種方法
在不同的單槓上飛舞　　翻滾
在這裡如果沒有一點伎倆
恐怕難以令人原諒
而明明他們是如此地眼神空洞
不時啃咬自己的手腕　　揪扯皮毛
彷彿傷害也是表演的一部分
對這些稱職的表演
我們卻仍不爭氣地淚盈滿眶
在這個怪奇的地方
奇怪才是正常
連鐵鍊拖曳在地
聽起來也似悅耳的樂音
我們如此心領神會
感同身受地倒立起來用腳鼓掌
用生殖器思考
把大腦夾在胯下
只想著生殖器該做的事情
牠們看著我們
演得更是賣力
任何時刻只要不被關注
再精采的猴戲也要落幕

實況直播

妳的眼影要更深一點
口紅要收一些
瓶瓶罐罐商標朝前
瀏海略塌不要太過時髦
儘量少講家裡的事
著重衣服對自信的影響
讓大家知道妳戴手錶
最喜歡這款店面買不到的零食
今天爸爸會被公司辭職
明天才說離開學校
小武還要兩集才會出現
別忘了提醒他掛符令
要前臂刺青
如果好了就不要一張臭臉
馬上就要實況
妳能火是靠誰
別忘！

國
王

孩子
口含糖果
慵懶地
拖著披風
按下按鈕
權杖的頂端
就開始閃爍
爸爸推來了汽車
媽媽抱他入座
神氣的
王冠
微微後傾
人民
哭笑著
鼓掌
恭迎國王
輕駕
出巡

辣椒

糖
香料
一切美好的味道[9]
都是用來製造完美小女孩的必要成分
雙馬尾是基本
棒棒糖和絕對領域
搭配
削肩小可愛

一切美好的東西
都是用來製造完美小女孩的必要成分
但要製造更完美的小女孩
除了糖跟香料
還要一點惱人的辣椒！

平凡的生活太過無趣
生活不可能那麼平凡
一定有藏在暗處的陰謀
想要汙染完美的小女孩
就是有些無聊人士
需要熱辣
的汗水刺激
想要造次

---

[9]　卡通飛天小女警（Powerpuff Girl）片頭台詞。

想著幹大事
想要動次動次

平凡的生活太過矯情
生活不可能
沒有危險的暗示
一定有藏在暗處的魯蛇
想要汙染
萌萌噠小女孩
就是有些ㄇㄅㄈㄎ
超醜超討厭der
看到小女孩
就ggininder
硬要喇舌
還喇到牽絲
讓小女孩森77
越想越不對勁
氣得LP彈出來
別說jizz你
還要吉死你

就連坐在警局
也還在想著色色的事情　攔轎
喊冤
倫+4女森
怎麼可能有gg

沒有上進心
又醜到性騷擾
父母都健在
還要誣告
女孩兒
只愛洋人的玩意兒
這樣
實在母湯
87分不能再高
趕快進去佛系冷靜冷靜
我們的小祕密

糖
香料
還有一切美好的辣椒
感謝完美小女孩的努力
一天又平安的過去！[10]

---

[10]　改自飛天小女警之片尾臺詞，原文為"And once again，the day is saved. Thank you， the Powerpuff girls！"

夾娃娃機

蛋塔般雨後春筍得滿街都是
年輕人們左探右望
想盡辦法把玻璃裡的東西弄出來
店外的老人車前裝了八支手機
皮卡丘跟他的夥伴逃不了被抓到玻璃裡的命運
雖然他們本來就不在玻璃外
還在加班的工程師
透過厚厚的玻璃
盯著那些不真實的數據
為的是讓它們在我角色的世界裡
造成真實的傷害
與愛
娃娃們渴望愛
跟我索求各式各樣的裝備
我竭盡所能地回應
我也只是想把玻璃裡的東西弄出來
我無法去思考
在裡面在外邊
到底哪裡比較幸福
反正他們只提供機台
剩下的
是我們跟娃娃之間的事

煙火世代

天燈冉冉上升
雖懷抱著希望卻難掩老態
龍鍾搖晃最後癱垮在人煙罕至的林間

一次性產品
好用一次
就裝死污染一輩子
不趕快處理這些垃圾
整個世界都會完蛋
最好的辦法
就是不要開始
沒有刮開
就沒有遺憾
我們需要
更簡潔有效的算式

空屋期待著幸福
國族首重付得起租
超經濟造鎮
不多架一根梁柱
新年一次不夠
就多過幾次
黑人也放蜂炮
不能只轟寒單
食品全經認證
安全才有保障

孩子呱呱墜地
之前就被預約
國家興亡青年獨挑大梁
志工旅遊地方就業解方

量變產生質變
反學習不當的風俗
多人參與多變的經濟
創造社群需要的傳統
節奏更快的劇情
曲式更ㄎㄧㄤ的廣告曲
藥效更快的副食品
露出屁股蛋的迷你裙
一次就業無法成功
就試試兩次三次
要對現代的商業模式
有信心
謹守自己的責任額
少一個就補一雙
沒有剩餘價值
剩餘
就沒有價值
生命能做的
還有很多

煙火啾啾沖天
炸得妖艷
刺激不會浪費
快樂才是重點

卡巴迪[11]

屏氣
試探
佯步前進
後退
輕躍
一步衝刺
佯退
快手拉觸
此長彼消
墊步互換
旋轉
左右往復
停
閉息
箭步刺探
焦躁
不完全的旋轉
誰？
我們之中
誰貪婪地呼吸著？

---

[11] 一種印度傳統運動，類似老鷹抓小雞。

遊樂園

穿著鮮豔的小丑迎面走來
遞給我一個畫有卡通人物的氣球
一時之間
遲疑是否伸手
畢竟自己已經不是會因為小丑
發笑或大哭的年紀
但那可愛、誇張的卡通人物
對著我笑
我淺笑著接過氣球
雖然無法判斷對方是否也以笑容回應

我不知道氣球上的角色是誰
但柔和的線條讓人感覺放鬆
似乎沒有事情值得擔心
畢竟卡通的世界不就是如此？
即使全身都被壓扁
還是可以恢復到原來的樣子
所有的事物都是道具
是為了歡樂存在
如同這座被憂愁遺忘的遊樂園

上次造訪以是多年之前
這次我獨自一人

飛翔翻轉的雲霄飛車
前後擺盪的海盜船

雖然排長了隊
卻不叫我激動
生意冷清的鬼屋
如果沒有出口
或許會更令人流連

明明是充滿笑聲和尖叫的樂園
我卻只想搭乘摩天輪
眺望遠方

高高低低顏色單調的樓房
叫人心跳加速的條狀圖
往地平線無限延伸
隨著車廂往天空拉升
圖表慢慢失去起伏
霧靄染白後
看來倒像
蕭穆無聲的墓碑

那人現在在哪裡呢？
對坐相視
為何那時無法掩飾
等不及設施
完成它的一周
獨自一人反而懷念起了
感覺輪軸轉得太快了

想要盡可能望遠一點的
可是來到了最高點
終究是要下落
收攬眼底的
也只囿於視野所及

我想在嘴邊塗上口紅
我想在虛胖的腰間套上
寬鬆的戲服
我想在充滿笑聲的這裡
也像稱職的街景

我放開汽球
任它飛往天際
讓它代替我的眼睛
尋找墓園的出口

角
落

那是一個多麼恬靜的角落
沒有一絲細語或
吐息
彷彿從未被發現或者太過慣常而遭遺忘
那是多麼和諧的景象
充滿依賴
與溫暖
曼妙得似均勻的火光
但是不會被愛的吧
即使如此

終究是不會被愛的吧
嘟著嘴緊緊挨在一起　　白裡透紅
得禁不起一點撫弄
如縫的眼還嚐不得光
只有唇角努力地試探
索求第一絲溢香
可是

終究是不能被愛的吧
那血裡帶著宿命
是象徵永恆的印記
所有習慣與記憶
將隨那嬌弱的身軀
茁壯、漸強
藏匿各種惡病

在最污穢的暗處
穿梭來去
然而

終究是需要被愛的吧
再醜怪再不符期待
都渴望關愛
誰能決定呈現的容貌
與姿態？
靈動或鬼祟
強韌或貪饞
行走於死亡巧立的足跡
作生命黑暗的先驅

終究
是因為被愛的吧
緊緊挨在一起
脆弱得禁不起一點撫弄
當那唇齒扭動
鼻尖嗅抖
那是多麼和諧的景象
美妙得如未乾的墨水
如哭聲嘹亮

VIRGO

錯
落

熱帶性低氣壓吹起號角
宣布一場饗宴
正式開始
如同無首的兵馬俑
跪求斬兵的諭令
他的目光
曾向遠方的故鄉

鏡
片

難以忘懷那日
他取下滿是傷痕的眼鏡淡然對我：
「總有一天你的也會如此」
單純如我雀躍於新物的光
毫不掛心
萬物看來一片澄澈

她如旋風帶來狂烈的龍捲
巨浪翻騰　徒留徐徐乳沫…
我原是走在前頭的　曾幾何時
我已從行列離脫　在沙上踽踽獨行

無星的夜晚比夢更冷
風沙驅趕岩礫
叫波光也磨得圓潤
晶瑩剔透的鏡片
卻早布滿如蛛絲的痕傷

我已習慣煦陽
我已習慣透過蛛網外望
─總有一天你也會如此─
我已習慣
　　習慣萬物充滿瑕疵
我已習慣
　也適才發覺
直直望著的矯情的眼前
　沒有鏡片

Zion

太多的重量
堆上一次劇烈的旋轉[12]
他跪倒
如他應當地
拜倒在他的神之前
禱告

更大的無名的祈願
呼喚神的大能
吩咐他起來
雪白如棉的眼正盯著
他不能倒下

---

[12] 2019年2月20日，NCAA杜克大學的超級球星Zion
Williamson，在對北卡大的比賽中甫上場即在一個轉
身中受傷退場。那場比賽除了轉播外，門票喊至美金
3000元。

部
落
的
事

其實我應該回部落裡去

這麼想著的同時我已經停下簽名的手
瞥往久未掛戴的項鍊

這是太明亮堂皇的大廳
不夠符合祖先給人的想像
不需要多麼豪奢的裝潢
重點是情境
一頭嵌在牆上的野豬
不管如何都難以說服
牠曾在山林間自由漫走

不管是誰開始的
凡事總得要有規則
他們不圍成圈而是排列彎曲如蛇
一個接著一個我畫上象徵我的符咒
把舌多捲一點　參雜一兩句母語
偶爾加上滑稽的尾音
這是我應該做的

他們喜歡自己看到的
好比如果你有更黝黑的皮膚
你應當受過迫害有段悲慘的過去
來自社會的底層有暴力或是犯罪的傾向

他們想看到的
是我的濃眉大眼
我們在平地的掙扎
我相信祖靈的力量
我相信這是我們的獵場
只是我們追捕的
是我們對自己的想像

我以族人為榮
哪一族倒不是那麼重要
至少我也從一而終
他們在我的訪談與故事
將不會發現任何不一致
就連不是部落的人
也在說著部落的事
重點不是身分
只要人們相信就是真實
我唯一感到心虛的
是我所使用的文字
我不能冒險用母語創作
因為漸漸這也會是我族人唯一能讀的文字

如
織

身而為人　我很抱歉
我已尋遍各種我該有的作用
來證明文明能夠
帶領人類成為更先進的品種
我選擇最有吸引力最穩定的對象
避免過度的風險勤奮向上
為了支持我們全體的存在
我努力工作
也唯有如此努力辛勞
我才能支持自己的存在
一早起床洗臉照鏡
沒有例外地讓昨晚的噩夢隨自來水流走
必須確認今天也可以無礙地微笑
八顆是標準　再多就是假裝
我必須感恩這滌洗的水
每天都讓我成為新的自己
如同修繕管線提供這水的師傅
我當成為有用的人
讓文明每日如新
當一日結束我要能夠嘉許自己
如那頭頂穩定的光
我又讓文明多發了一天的光

身而為人　我很抱歉
我不應該有這樣的想法
當坐在擁擠的車廂

竟然感覺像是一件貨物
被從一個熟悉的地方送到另一個熟悉的地方
每趟旅程都是那麼地陌生
文明是我們的驕傲
當那夜晚在耶誕節裡顯得繽紛
繞上樹枝的燈
是我們
我們在文明的力量裡各自發光
那麼堅定不移地
發光
我們有著各種才能性格迷人
我們讓世界瑰麗異常
文明需要我們
穩定地發光

但如果我能夠不愧疚地愧疚
我害怕失去我文明並不會不同⋯

某天他們開發了這款具時代意義的APP
可以讓使用者快速變成各種殘疾
我迫不及待先試了兔唇和白化
效果不但顯著娛樂性還更勝狗臉美妝
當晚社群間充滿各種醜怪
像極了劣化Pokemon的嘉年華
Samba！Samba！
多希望這是真實的我而這一刻能永久⋯

因為當約定的時間一到我們又必須回到
行伍之中繼續優秀
然後嘲諷那些可以持續扮裝的幸運兒

身而為人　我很抱歉
儘管我已如此特別肩負城市的興亡
我仍希望與別人不同
在光芒和淨水中期盼一種不規則
但我害怕失去作用
請拴緊我
讓我感受文明的大能均勻發光
城市的魂魄就是我們的脈動
我們缺一不可

身而為人　我很抱歉
我不當無牙的象[13]
我們總在行伍之中謹守職責
我們各有作用　富華如織
我們不會從人群走失
因為我會取代我的位置

---

[13] 長牙的象多被人類捕殺，因而造成無牙的象逐漸增加。

土石流後

他像個魁梧的漢子矗立在我面前
除了乾瞪眼外我們別無他法
看遍了獸群和鳥禽有人開始欣賞樹
修行更深者和我們一樣鍾情於石
他們冷眼看遍榮枯
靜靜沉思更深邃的哲理
如果不是連日的風雨他也不會來到此地
除了搬開他我們別無他法
這是我們往山裡唯一的路
任他哀嘆、惆悵、悲望
我們榮　我們枯
他要沉思就得到別處沉思

盆
栽

窗台邊
陰晴不定
我的小盆栽
賣弄著可愛
種子如果發了芽
果然
就放不進花槽了吧

窗台外
碧綠的樹冠
閃閃搖曳
果然
是坐不進
這個花槽吧

The Creatures[14]

　　白雪皚皚的最後應該寧靜一片
　　我和我的悲慟當埋入土裡
　　不再提起
　　當時的我卻還無法知曉
　　看似荒涼　　卻熱鬧非凡
　　也還遠非最後

　　不消多久
　　深淺不一的綠色將跟著騷動
　　如其他臟器般
　　轉褐發黑前
　　青藍地溶出即將化羽的蛆膿
　　在這陌生的軀體進出探索[15]

　　牠們振翅亂舞
　　為產下膜拜自己的幼蟲不由自主
　　龐闊的雨林斷成咖啡樹

---

[14] Mary Shelly所寫小說〈Frankenstein〉之同名主角為了證明自己跟探索科學不惜造出生命。但被造出的"the creature"掙扎於自我的意義，與Frankenstein爆發衝突，最終消失在極地。

[15] 人死後雖看似平靜，卻仍有頻繁的活動。人體中存在大量細菌，會在人死後作用，使組織蛋白質腐敗，一開始呈現綠色，之後變成褐色跟黑色。

冰山為了溫暖的航道
也自我裂解
崩散成咖啡杯裡的冰塊
永遠保存著所有語言（包含那些消失的）
都無法逃避的真相

我早該知道
真正的死亡尚未到來
而孤獨一直都在
不當死在永凍土[16]裡的我（或說我們）
對於造我們的
還偷偷崇拜

---

[16] 死在永凍土的屍體不會腐敗，屍體上的細菌可能被保存
而再次對生者造成影響；最接近極圈的挪威小鎮隆雅
（Longyearbyen）故禁止死亡並葬於鎮內。

抓周

笑著
他
爬來
我還記得我是如何
笑著
然後哭著
爬進牠的嘴裡
掙扎著
被排泄成
我
的樣子
笑著
笑著
笑著

Alpha

沉默是銀　聽話是金
善於服侍的社會方能自省
齊心協力　萬眾一心
我們所相信的全體也應該相信[17]
沒有什麼勞動不能改造
沒有什麼運算不能矯正
信仰自己　詠頌自己
我們
心有靈犀
動作跟著口令
I-Be-You
U-B-I
當疑惑如雜草越過腳踝
抬頭仰望
我們以不存在的方式存在
我們無所不在
曾經的主
你們我們同步寵愛

---

[17] From Walt Whitman，"Song of Myself"

LIBRA

印　　　　　　　　　　　玉璽重重地壓上
　　　　沒有分毫渲染　清清楚楚的一方迷路
　　　　誓言以命令般強硬的姿態灑下了
　　　　像輕柔的綿雪在酷冬裡翩然鋪落
　　　　當大地還貪圖溫暖的長夜
　　　　夢就一個接著一個留下愈加深刻的線索
　　　　邊疆已毋須守衛　皇宮已經熟透如柿
　　　　當是學習放藤散籽之時
　　　　千重寒幕靜垂　探萬重邪凜之氣
　　　　棚架終將隨城牆倒下
　　　　古剎的梁柱沉沉磨出絞心的悲鳴
　　　　與其同族者已無敗德修性之擾
　　　　青綠之印竊竊落合繁雕羅織的朱城
　　　　杜鵑北遷群鶴也不見蹤影
　　　　牠們都畏懼延壽的丹爐
　　　　再荒蕪的闇林再淫魅的瑤池
　　　　在爐裡都受到保護
　　　　巨龍不再攀著黃袍而被輕盛於薄扇
　　　　訕言和狂語便踏過草蓆與斷垣
　　　　爭相趕往牲畜相食的內殿
　　　　待諸侯分封

　　　　　　　　　　　印輕輕落下
　　　　像晶瑩的珠雪在尚未為文的皓冬　碧碧暈潤

表面效度 [18]

美即是真[19]
防彈少年[20]不收林肯[21]
千萬樓舍為千萬跑車點燈
城市賽道如GTA[22]仿真

美即是真
防彈少年不進法院
泰美斯[23]眼罩play
劍斬醜怪天秤為美傾斜

萬丈高樓平地起
命運只犒賞努力
多拿紅單[24]少吃紅單[25]
常說好話莫當好人

---

[18] Face Validity，意指一般社會大眾對測驗的觀感，認定測驗是否與測驗目的有直接關聯，達成其宣稱之目的。高表面效度的測驗能提高作答者的作答意願。

[19] From John Keats，"Ode to a Grecian Urn"

[20] 南韓一熱門偶像團體稱作防彈少年團，一度攻占美國唱片歌曲告示板榜首。

[21] Abraham Lincoln，美國南北戰爭時期總統，當被提及自己的外貌，曾幽默地回應，"If I were two-faced， would I be wearing this one？"，表示自己為人一致。林肯於南北戰爭即將結束前遭受槍擊遇刺。

[22] 美國遊戲公司Rockstar旗下主要產品，因其高自由度飽受爭議。

[23] Themis，古希臘律法與正義之象徵。

[24] 購屋預約單之俗稱。

[25] 吃紅單，違規被開罰單之俗稱。

四年一度的選美
普世價值　張張等值
最美的人應當最有能力[26]
最美的鬣蜥最懂保值
顏值[27]重於面值[28]
權值[29]大過市值[30]

美即是真
GDP與平均所得穩定上升
比美更真的只有更美的人

---

[26]　From John Keats，"Hyperion"
[27]　指人的長相優劣，如顏值高即代表好看。
[28]　Face Value，指郵票或股票等票面上的價格。
[29]　權值（metrics）在網路上指路由（routing）選擇動態路徑的考量數值，考量因素包括頻寬、延遲、負載、路徑成本等等；在股票上權值（weight value）指各股票漲跌對市場的波動影響高低，權值重的股對市場指數影響較大。
[30]　指某檔股票的市場價格總值。

快
時
尚

我不再只愛上一個人了
我懂得欣賞很多人的美好
以及揚棄他們一點點的瑕疵
我不再自己一個人了
哭著笑著我都是一批一批
比如秋天就一起變黃的葉子
我勇敢地站上伸展台
將自己拋入一片虛無之中
因為到頭來
不曾穿過的新衣也會自然而然舊掉的
我這麼念著　我這麼附和
我因為和眾人一樣而顯得獨特
旅行因為我充滿景色
城市因為我戴上光芒
我們的照片是新的考古學
我們是浪漫是璀璨

我不再愛一個人了
我們都該隨時重新定義自己
重新定義愛情
重新活過自己的日期
讓舊的生命隨相機的快門剝落
如目錄裡繽紛的花朵

北方

換過證件之後
她又再年輕了一次
努力學他們說話　　他們獨特的生活方式
推著爸爸到公園裡看人們下棋
他們總是議論紛紛　　但她越來越假裝聽不懂
不管是在那裏或是家裡
需要她說話的時刻本來就沒有那麼多
她不怕辛苦也有著好手藝
不管在廚房或是房裡或是店裡
他們總誇讚她　　手在身上來去
反正不久之後她就是一個人了
她也並不在意
一個人總得有一個人的打算
等她再回來的時候她又會變得年輕
雖然她知道那年輕的愛
早隨著他們的船隻出海
再也不會回來

懸索 31（界限組詩）

Salute－
對這通天的廊柱
崇敬地放下周身瑣思
任鋼弦承載這匹肉身在雲際稍歇
讚嘆
這偉大的城市賜予世界一對乳齒
天界不過咫尺　只待一縷玄思
平衡是最重要的事
破壞規則的同時也樹立只屬於混亂的規則
何等莊嚴何等雄偉
何等華貴何等秀美像渾厚雙翼逆風揮振
騰雲　駕霧　是這雙臂的延伸
高高舉起但輕托著
一片祂無意間散落的羽毛
　　讚嘆
以最謹慎專注　精確地
度量選擇
或者止念　僅此一刻
紆尊降貴地俯瞰
以悲憫或是淡漠的視角
讓選擇做自己的選擇

31　Philippe Petit於1974年未獲允許於即將完工的世貿中心雙
　　子塔間表演高空走鋼索。2001年9月11日雙子塔因蓋達組
　　織的恐怖攻擊遭到摧毀。

旁觀
漠然禪坐
冥思不可知之因果

我
和
你
媽
，
掉
到
水
裡

用通俗的話說：
電車問題[32]
無關貢獻
無關身分
袖手旁觀
責任問題
已經溺水
就別再糾結
換我給你
問題：
你和我媽，掉進水裡
你會？

---

[32] Trolley Problem，意指兩難的狀況。電車問題假設有台
電車正快速行駛於軌道上，馬上就會撞上不遠處的五個
人，但目擊者正好站在電車的轉轍器旁，可以讓電車換
至另一軌，只撞死該軌上的一個人，問如果自己是目擊
者會作出哪一個決定。此問題後有變形，變成目擊者在
天橋上看見電車駛往五人處，而只要將天橋上另一人推
下即可拯救那五人；另一變形則是有五名工人受傷送
醫，皆需要器官移植才能存活，恰有一位健康的患者做
完健康檢查，如果犧牲他，就可以用他的器官救活那五
人，救是不救？據觀察，受測者會願意犧牲一人救五人
的情況以轉轍器案例最高，天橋次之，器官移植最低。

蹺
蹺
板

這樣挺好

那邊

這邊

有時低

有時高

完美的對立

不要

靠得太近

我／你

讓你／我上升

你／我

讓我／你下落

這樣就好

不要

急著決定

有低有高

這樣挺好

肖像畫

畫裡的女子甚是美麗
富含光澤的秀髮垂掩紅潤臉龐
烏亮雙眸略帶憂傷
欲言又止的神情暈襯一身黑色洋裝

那人拋描數筆
幫我打深輪廓
勾稜勒角漂挑妝影線條

「我們還要繼續下去？」
恍惚之間不確定誰問了這個問題
或者只是我心底的疑問
他專注畫著
我在他筆下真實起來
千百件瑣事閃過我的腦海
我的眼皮愈發僵硬、沉重
那畫裡的女子　好美
好美

〔花已經被冷凍起來〕

花已經被冷凍起來
放在最近的遠方
在下一個夏天來臨之前
春天將永遠死滅
季節若無遞嬗
時間永為歷史
然而夏天必須結束
在花盛開的時候

秩序

當樹梢與屋頂等高
花草長過腰際
人類會知道秩序終能克服一場發燒
夢在醒來之際最為頻繁紊亂
掌心貼地感覺疼痛只是還不習慣
曾經他們是如此攀騰上樹
甚至翻滾入水
顛簸暈眩想必是清醒前的惡怒疲倦
他們喜歡想像自己與眾不同
以不同的音調傳遞訊息
改變自己的色彩以及堆疊石材
雖然大多仍習慣膜拜
卻鮮少承認自己的無能
在秩序之中唯一真實的事便是等待
等待日出等待日落
等待落雨等待天火
他們終會學會周身俯臥
不再分心除了吃與被吃與繁殖
在那之前暫且讓他們哭吼吧
當從長夢轉醒乍見這美麗的世界
他們一般都是這麼做的

SCORPIO

馬甲

穿上馬甲跟夜駒去旅行
皎潔的粉管流往
無聲的國度　瓢竊
墨綠的龜殼花以及沙啞的藍鷗
花園裡獨角仙開始堆糞螳螂在練習自瀆
玫瑰為了紅葉棄掉了綠瓣　赤裸裸地瞪著乾涸的渠道
石頭都不再發光而咒語正憤怒地顫動
醜陋的古木枕進未斷臍帶的地衣　稅基
因而棻進層層的年輪　格格地旋動　吸吮
不孕的枯柴　胎盤正好轉到相互咬合的位置
夜駒的蹄聲編織青線　紡錘滾轆
無頭騎士就披上馬甲
在面具裡流浪

登革熱

家家戶戶開始清理庭院
舉凡花瓶盆栽甚或水槽
無一不是檢查的重點
清潔人員假日還要挨家挨戶噴藥
沒有所謂太過小心
再小的疏忽都可能導致最糟的結果
所以有專家想出杜絕病媒絕佳的方法
只要找到零星的病蚊
讓它們攜帶致命的菌毒
它們與同類交配時便會逐一汰殺所有的病原
類似的方法也曾用在繁衍猖獗的鼠輩
雖稱不上優雅但肯定值得期待
然而那段時間最惹我注意的新聞
其實是迷航的飛機終於被尋獲[33]
機上研究愛滋的專家
全數罹難

---

[33] 馬來西亞航空17號班機（MH17），據悉機上載有多位愛滋病研究專家。

黑
雨

我也無法走出　這片黑色的雨
沙沙落在與妳同居過的城市
如黑白電視機的雜訊
穿梭在巷弄之間看著道路膨脹拓寬
我們無法不打起瞌睡
臥進遲早被挖開的牙床
砂塵沒有減少
它們只是聚集到我們這裡來了
河裡的斷枝與廢棄最終都會彼此團匯攀纏
不隨下游成湖成海
無人聞問地自成一格
即使何時消失了
也無所謂
但我們卻這樣偏執地糾結於此
用彼此的身體體驗愛寵與疼痛
反覆結痂的傷沒有復原的時刻
又或者唯有不斷割開彼此才能漸漸將毒排除

我是不承認的
我不是來自黑色的土
我們原來是清晰明亮鱗鑲波光
所以這黑色的雨雖不為我獨下
我接受它的詛咒
也成為詛咒　直到水體墨透
在天火裡化為灰燼
我研究她的呼吸　我研究她的眉顰

在她如積木堆疊的曾經
找出那比麥稈更細　比羽毛更輕的瓦
片片剝去
在每一吋肌膚都以唇上印
直到她的快樂都來自痛苦
不跪著爬向我就不知該往哪去
然後她便可同她們那般闖出支流
為我們灌溉不諳憎恨的瓜藤垂枝

我不會忘記妳　我們始終走在黑色的雨裡
但我不是這樣記得妳　當我看見她清澈的眼
反覆撕開的痕傷隨著她的眨眼
妳的重重身影如雨直打進我的軀體
我化作土化作泥卻卑微地哭不出一滴麥粒
請允許我親吻她的趾尖
我只能懇求妳賜給我更大的痛苦
我要繼續下著　我是黑色的雨
除非水體死去否則我的存在沒有意義
但妳終究是殘酷而仁慈的
借她透明無光的淚
將結漣漪開來
雖然無法忘記　但我將隨她而去
成湖成海
灌溉無名的夜與無名的日

撿
屍

事情已經發生
我的客戶才是受害者
據目擊的人說那天晚上
她纏著包廂裡每一個人
只能怪我的客戶太過好心
扶了她一把
看她不勝酒力
帶她回來
為何發生這樣的意外他也不明白
包廂裡的藥品是對方所有
我的客戶因為工作關係
不得不陪伴使用
聽說她工作壓力大
環境複雜
是否因此結怨不得而知
有生意就不要多嘴
也是在做善事
不要太計較
－想想她能救多少人
不能有畫面
不能有線索
這個地方隨時可以不要

鐘　　　　　　夏季的潮聲總在鳥鳴裡顯得寂靜
　　　　　　　鼓譟的是覆巢裡褪皮的禽音
　　　　　　　無獨有偶　碎殼間交纏吐信
　　　　　　　美麗的菱格線碧澄澄地織一片夏天
　　　　　　　偶然有種似曾相識的飼鐘
　　　　　　　破繭　哀哀唱著那襲轆轆流過的湛藍夜曲

　　　　　　　　　空無的眼正瞧進闇夜
　　　　　　　彷彿月色都已經懂得憂傷
　　　　　　　去勢的公雞裝腔作勢
　　　　　　　橫橫走上獨木　來回蹀步　「非常！非常！」
　　　　　　　究竟是作樂的諸侯醉了還是自己的耳朵背了　她
　　　　　　　探前褪下沉沛的海濤
　　　　　　　向月光展示無緣的美好
　　　　　　　　　　　　　　如果夜鶯這個時候啼了
　　　　　　　　　　　　　　讓牠進房來吧
　　　　　　　　　　　　　　所謂雋永的天歌也不比一
　　　　　　枕不見天日的吟哦

　　　　　　　　沒有風啊　也沒有雨
　　　　　　　風流的代價竟是一盞風和日麗
　　　　　　　隨駿馬奔走的衛兵在返鄉前要和爛泥砍刻層層戰勳

　　　　　　　為何要走進林子去尋找未曾聽過的美音
　　　　　　　心虛的君子　他們正盯著妳的衣裳擺動身軀

沙沙沙沙地幽風為他們洩底
空洞的心房節節攀上破曉的故鄉

　　姑且順他們的意吧　　用他們的身體鑿取半熟
的樂曲
　　若聽見自甘墮落的逆子　美麗必當憐憫

泛金光毛色如雪的虎首先來了
慵懶蜷臥半解的衣帶
果實都不再扯枝　　唯有毛蟲還在傻傻地候熟
花朵總在盛開之前便上春酒
翠影悄悄披上不寐的野晝
樹林怔怔望著　　麋鹿靜靜倒臥
所有的過客都在啜飲涼煦的白日夢
遠方的寺廟不再敲鐘　　雲絮代替狼煙傳送久違的思念

　　讓心焦的蟻群為蟲兒鑿洞吧
　　儘管尖喙還在竹裡酣著
為了甘露讓語彙都慢慢結晶　　成為
禮佛不可或缺的甜品

　　於是蝶塚就在白日沉睡
　　聽穴裡整齊的步伐和凌亂的敲打
　　如果這個時候夜鶯忘啼了　　歇歇吧
　　褐紋的虎正要回林子巡守
　　黑色的果實不待花落微微起皺

公雞在園裡枕獨木的弱影
瞧　覆巢底下交纏吐信　青紋的
夜鶯　這時啼了

Lady Lazarus[34], the Hunger Artist[35]

誰能夠填滿
課堂之外
的空虛
在我空白的黑板上
解題

放下長髮，橡皮筋
要束得更緊
紅色的玻璃鞋
條紋的痛苦
沒有人能理解，honey

Bare，完美CP[36]的我們
躲在地底探索黑暗
蚯蚓蜷成球取暖
玫瑰的悲傷
沒有人能理解，sugar

---

[34] From Sylvia Plath，"Lady Lazarus"
[35] From Franz Kafka，"The Hunger Artist"
[36] 完美配對。

Daddy，我也只能這麼做了[37]
愛太多　　愛心太少
我的藝術是我
還有五秒　　列車就要進站
就是現在！－

---

[37] From Sylvia Plath，"Daddy"

La Calavera Catrina[38]

頭骨淹沒城街
燭光滿天
剪紙半光半影
繪說著各種故事

糖骷髏成串串起
還是分了高低
只是借了死亡的身影

---

[38] 卡翠那骷髏頭，José Guadalupe Posada的諷刺作品；
catrina在俗語中另有有錢人的意思。

飛鷹

孤獨的飛鷹　你不屬於這裡
停在樹梢只是暫作歇息
無邊的天際引向無窮的遠方
展翅凌空　只是為了離殤

孤獨的飛鷹　你不屬於這裡
　　　翼　搧破萬丈氤氳
無盡的天穹領向無限的想望

24／7

$2 \times 4 \neq 7$
多出來的那一個正是缺少的那一個

$2 + 4 \neq 7$
剩下來的那一個正是多出的那一個

24／7
餘下的三個是你、是我、還有他
我們三個就一起分寶藏吧

24／7
原來在我們之前就已經餘下了三個
$3 - 3 = 0$
終於我們找到多出和缺少的那一個

果
蠅

黑色的果實伏狩於籃裡獨占各種想像
任泛黃報紙上事件淘淘複生孵孕萬重玄水
靈烈鮮甜卻遲遲不見
抽顫的翅膀緊緊搧著　碧碧澄澄
酣幻絕美的瘋狂

SAGITTARIUS

1492

螺旋狀的航道證明船票總有到期的時候
船首的人像哭泣紅色的淚珠裡沒有風也沒有潮汐
偶爾會有輕彈鎧甲的聲音但沒有罪禽
海岸線不斷脫落而帆一直都是黑的
印地安人們必須習慣被販賣的生活
為了閃爍無光的斗篷齒牙還得被大把大把地灑下

黑
眼
珠

白
眼
珠

　　黑眼珠　白眼珠　黑中帶白的眼珠和白中帶黑的
　　　眼珠
　　咕碌碌地轉動時差　赤道終於跨越南北極在天空
　　　畫出十字
　　但神聖的岔路拒絕方向　黑眼珠　白眼珠
　　神祕的溫室效應把冰都融化開出新的航路　但X
　　　還是X

My Friend Charlie

Charlie, Charlie
請不要走
在爸媽回來之前請陪伴我

Charlie, Charlie
請不要走
我有個祕密只對你說

Charlie, Charlie
請陪著我
不確定大家是否喜歡我

Charlie, Charlie
請聽我說
我不懂那人為何不愛我

Charlie, Charlie
我需要你
請全意注視我告訴我做得沒錯

Charlie, Charlie
請不要走
我還有二十年的貸款和這個月的帳單

Charlie, Charlie
我需要你
我全心地信奉並服侍你

Charlie, Charlie

Charlie, Charlie—

米其林[39]

是從什麼時候開始的？
這個像我的東西
忝不知恥地開著進口車
大口大口喝著紅酒攤在柔軟氣派的沙發
無意識地轉台
聽海潮帶來夕陽與日出
每一天每一天
都更加地醇厚、香氣四溢
一點柑橘、一點莓果，些許辛辣且澀得強勁
前景大好的馬爾地夫[40]
新幹幼壯但
植根入土
廣吸充滿智慧的礦物質
酒體旋轉，光澤瑰麗
儼然是家族不可動搖的樑柱

是從什麼時候開始的？
這些像我的東西
無法調整參數還常惹人發怒

---

[39] 米其林為提供旅人參考，給予提供美食的餐廳星等評價，視美味程度給一星至三星不等。雖然此舉是對店家的肯定，但偶有店家因為必須符合評價提供高價食物，卻因沒有足夠顧客，難以負擔成本，最終不堪星等壓力只能退還星等。

[40] 馬爾地夫（Maldives）為求發展積欠中國大筆債務，使其可能因而部分或全部成為中國之領土。美國亦曾以類似的模式協助多個國家發展。

據說閒置的馬鈴薯
發芽
就是有毒

是從什麼時候開始的？
這個叫我的東西
登堂入室
堂而皇之地
把卵產在這個屋裡[41]
通通出去！
滾出這些腐敗的軀殼
腐敗的我
只能躲在這片發臭的殼
好好梳理自己[42]
他們會問我人在哪裡　但
我不在這裡

---

[41] 嗜蛛姬蜂（Hymenoepimecis sp）是一種以特定蜘蛛為宿主的寄生蜂，會在蜘蛛腹中產卵，使蜘蛛改變織網方式，在做繭長成成蟲前並吸食蜘蛛的身體當作養分。

[42] 扁頭泥蜂（Ampulex compressa）會注射毒液至蟑螂體內使其癱瘓，並趁其癱瘓時以毒汁破壞其神經系統，誘使蟑螂回巢，再於其體內產卵。幼蟲以蟑螂內臟為食，最終破其身而出。蟑螂在被控制時做的第一件事就是梳理清潔自己，原因尚無定論。

射手

Go! Let's rock and roll
我們一起狂歡
在這個熱情的夜晚
隨著音樂恣意地搖擺
舞池的重低音
在我們腳下震動
雙手動次動次往天空甩
大家狂吼歡呼我脫得剩一隻襪
愛神的箭
已經脫弦而出
我們是射手
銳舞搖晃
沒有人能阻擋
啤酒加伏特加
深水的炸彈
撲通撲通在胸口震動
Let's rock then roll
Love'll wake me up and go go

跟著節拍感受音樂
底盤低低底迪滴滴
轟洪轟洪蹦崩蹦崩
油門催落
寶貝用嘴按摩
Ooh, ho! Rock'n roll!
省道國道再鑽隧道

米漿[43]頂頭炸豆漿
哭夭擱烤紅漆
新聞是測速器
Mommy, Daddy, I'm sorry

你們想說的不如讓我們說
你們想做的交給我們來做
Go! Let's rock and roll
再看你就小心
Go! Let's lock and load
我們是射手
神射手
人海裡帥炸
保齡球
誰都躲不過

Rock'n roll
Lock & load
Tale and show
Tray'd and soul'd

我們是射手
We super cool[44]

---

[43]　BMW的台語俗稱。
[44]　From Gwendolyn Brooks，"We Real Cool"

跑
酷

衝
直線
跳
翻滾
貓平衡

沒有一點本事最好別來
整個城市
都是我們的停車場

盪
曲線
攀
飛越
猩猩跳

比起體能更講究觀察
行進飄忽
速度充滿變化
就是最好的目標
上！

猴跳
直撲
月亮步
側空翻接

後空翻
落地翻滾
僵屍倒

警察大人
他肯定酒駕

Foxy

感恩師父，讚嘆師父[46]
師父法喜充滿
為信徒展一套佛舞
東方閃電旋扭
徒眾震動
師父大能
是救世明燈

感恩師父，讚嘆師父
師父法喜
為我們斷開鎖鍊
斬開一切俗世的連結
血濃於水
朋友親人不過是短暫的塵緣
這個月還差五十萬
就能前列
跟師父共舞

---

[45] 一種P2P（點對點）軟體，常用於抓取網路上的（盜版）分享資源。
[46] 民間信仰常見於台灣，部分為主流宗教變形，（曾）流行受討論者不勝枚舉。

感恩Seafood，讚嘆Seafood
Seafood Foxy
佛舞超自然
震動我們
委屈自己
開示－
馬上拉弟、老時來世、並力、法拉力
感召大家一起震動
做零的轉移

感恩Seafood，讚嘆Seafood
Seafood Fuzzy
海外IP

感恩Seafood，讚嘆Seafood
Seafood Fussy
大雄寶殿
小熊維尼

福
壽
螺
[47]

粒粒晶瑩
粉嫩

珍珠
讓心跳加速

---

[47] 原產於亞馬遜河流域，嗜幼嫩植物，作為外來物種一度
對台灣產生巨大衝擊，卵塊狀似魚卵。生食可能感染廣
東住血線蟲。2010年澳洲一名男子在派對上經朋友慫恿
生吃蛞蝓，受廣東住血線蟲感染後昏迷超過一年，醒來
後因腦部損傷導致頸部以下癱瘓，數年後死去。

椰　　　如浮標綻光
　　　　漂遊卻不翻滾
　　　　在層層浪花之間
　　　　我載浮載沉
　　　　未曾嚐過南洋滋味燥渴的少年啊
　　　　來向海下戰帖
　　　　來尋我
　　　　品我
　　　　而我是一枚無珠的蚌
　　　　飽盛海水的殼

東
區

看我呆立於拉下的鐵門前
手搖杯的老闆娘說
書店已經停業
閒聊之際
她提及
自己已經有十個孫子
孫子又有了孩子　煩惱要不要
開始學英文
時光荏苒
曾經好好學過的日語
已經跟台語一樣生疏
原來是一片農地
現在已經高樓林立
原熱鬧一時
目前卻貼滿了招租的廣告
她邊說邊指點我街上各種美味的小吃
我卻耽於默誦前人華美、堅毅的修辭
苦思一句或將無人聞問的詩行
螢幕上的名嘴
煞有其事地
討論著下一次大選
跟政客們那些俏皮、響亮的口號

…不能逃跑
為什麼會得出這樣的答案呢？[48]

---

[48] From 森田真由，「逃」。原詩譯文如下：會因為逃跑被
罵的／大概只有人類了／其她的生物都／順應本能／不
逃跑就／無法生存／為什麼人類會／『不可以逃』／摸
索出這樣的答案呢

CAPRICORN

歡午盛宴

水晶杯晶瑩剔透金輝閃爍
響得好比恍惚的鐘
駿馬的香氣佐襯群獸
銀盤沾得油亮
翎翎旋落躲嫋嫋靡音
大波浪的裙襬
筆直的褲管下
亂蹄騷動
都城肅穆嚴峻的律法
幾經宣誦
藏在連小徑也隱沒的秘林重重

骨
牌

視線停在眼前的稜線
按照指示緊密排列
蓋章，往上
蓋章，往上
按照標準作業流程
一個步驟一個步驟
蓋章，往上
蓋章，往上
只有指令沒有疑問
解決問題解決問問題的人
衷心服從更大的編號
往前，倒下
往前，倒下
只要有第一個
就會一個接著一個倒下
單一的結束不值得惋惜
為那更宏偉的計畫
異口同聲
震天喧騰
哄唱那隻前推的手
倒成不可知的圖樣

香
蕉

青綠堅硬的外皮
終究慢慢泛黃發光
變得甜嫩鬆軟

個人因素

都已經快退休了
也該明白
公司也是為了你好
換組不要調派不要轉換職位不要
公司還能怎麼協助
你知道
公司是為你好
為了你的成長我們一起思考
你的能力你的經驗你的貢獻
公司都有看見
公司也有許多考量
不是只有你家有老小
公司很有彈性
要的是你保持冷靜
我們一直都彼此配合
公司絕對明白你的獨特
當然給付會有些許差異
為了你所有同仁都有壓力
公司為了你的需求
減輕你的負擔
加給只能減少
也是希望不要影響你的人際
這段時間不是不願意談
只是沒有空檔
沒想到你會這麼決定
公司絕對不希望你離開

公司一直都在
真的走到這一步
公司也能理解
填妥表格送人事單位
理由請勾個人因素
公司感謝你的多年付出

遠古遺產（界限組詩）

北歐諸神終有覆滅的一天
但那一天不會來到　不會在這裡來到
奧林帕斯山的神光是永恆
何等巍峨何等昂揚地聳立
盤踞在故事的起源
神話有收不盡的版稅
每當再被吟唱再被想像
神殿就更加牢固
以詩人為磚詩歌為瓦
每顆落下的字符都是螺釘
所以何須羞恥？
所謂努力和智慧
也總是從資本開始
沒有誰是真的白手起家
信仰不堅定的種子
被飛鳥啄食後便被遺忘
而對守護遺產的祭司
說撙節什麼的未免太過失禮
傳說最大的成就就是存在
如同土地不發一語地存在
價值本就該倍數翻漲
那麼扎根於此一起永恆
無論哪個遠方終點都是這裡
即使在尋旅中難保不會愛上
太過秀美的牛或天鵝
投資信仰投資靈感

與其想著總有一天清算
不如相信積攢的債沒有借貸
就不可能償付　造就新的未來

如果亞特拉斯聳肩

如果亞特拉斯聳肩
世界就將在驚嘆聲裡毀滅
但誰能替亞特拉斯分憂
為他接過這個世界的憂愁？

其實亞特拉斯也不情願
再肩起沉沉穹頂
但果實更沉
是火樹的根

完好如初

有人為我從遠方
帶來名為老年的種子
小心翼翼我捧著
沉沉地它睡著
　　　我的心跳著
那人只是淡然　而我
絲毫不敢懈怠
多年多年過去
總算能夠得意
當看著玻璃罐上透映出
它充滿智慧的皺痕完好
如初

龍
紋
瑪
瑙

非常漂亮的一件寶貝
摺映著深淺有致的光輝
像是年輪般充滿智慧
它曾歷經多長久的時間與磨難？
這樣的美麗或如土星的環帶
曖昧繞著殘酷的纖腰
沒有終點的起點

舞
麒
麟

盛午燦然
是麒麟金光閃閃
令人屏息的美再不尋常
也不惹一絲責難眼光
銀鱗翻舞
還叫人目眩神迷
緊緊挨上的
斑黃暗暗發光

最好的時刻

暮光微曳
落葉伴著粉雪紛飛
不要悲傷
我貪饞的身體[49]
與我一起老去[50]
最好的時刻尚未來臨

終會懷念閃耀如金的過去
歪斜飛舞的筆跡
熾紅的磚印
玻璃罐赤紅的玉米片
泉水浸濡噴淹眉間
穿麻袋潛水
鑽廟前磕跪
在空中飛舞
鞭炮在家裡慶祝
纖瘦小童
絞盡心思親吮
鉛筆為測驗預備
施洗祖國無上的恩惠
披星掛梅
不得直呼名諱
真名代以○○

---

[49] From Delmore Schwartz，"The Heavy Bear Who Goes With Me"
[50] From Robert Browning，"Rabbi Ben Ezra"

這些時光都將隨暮色埋葬
但這是最好的方式
同我一起老去
我貪饞的肉體
與我一同往暮光走去
黑夜終將抹去墓誌
奉黑帝的御旨賜我新名

AQUARIUS

棘冠海星
51

我們不是天上的星星　我們住在海底
　　專啃那些巧飾的詞藻　那些不夠生猛
　　卻自以為是、裝模作樣的書生耆老
再頑固的字眼在咱胃裡受洗
　　都要化作蒼白的墓塚[52]供人憑弔

我們不是天上的星星　更不是林裡的猩猩
我們是達爾文的夢魘　受我父寵
橫生於演化鏈外恩法之最適者
我們的冠冕教眾生俯首
冠頂的刺是信仰
　　是通往永恆之國的門廊
道成肉身　死亡只是預言我們的重生
我們是萬世巨星　順逆九天最亮的明星

---

[51] 棘冠海星又名魔鬼海星，特徵是佈滿尖刺的外觀，刺含
劇毒。棘冠海星難以消滅，若遭切割，即使只有一隻腕
足也可再生成為一隻完整的個體。通常要殺死它們，必
須將其帶出海面，利用陽光將其曝曬至死。

[52] 珊瑚礁是海洋生物的搖籃，其所構成之生態圈孕育出的
生物物種超出陸地上所有物種之總和。除此之外，珊瑚
礁可保護海岸線免受海浪侵蝕、做為環境改變之指標、
提供魚類食物來源及繁殖之場所、以及吸引觀光客。棘
冠海星攝食珊瑚蟲，會造成珊瑚白化死亡。

臥　　　列車載走了人群　　他們
　　　　頭手都掛在窗外　　喧鬧　好不熱鬧
　　　　肩倚著肩不容席地　　漸漸消失在田野
　　　　我們抓住空檔倒臥上鐵軌
　　　　若有似無的酥麻感讓疼痛好像減輕了一些
　　　　陽光也彷彿暖煦起來
　　　　遠方看板上那張俊美的臉龐
　　　　清晰迷人得不像真的
　　　　但他所經歷的冒險　　脫口的台詞
　　　　躍然眼前　　充滿詩意
　　　　寬闊的臂膀舒人心脾
　　　　叫人不禁長久沉癱
　　　　感覺他厚實的掌心貼上臉頰
　　　　微微扎人的鬍渣
　　　　一陣陣揪心的電流
　　　　磨人的音樂搭配規律節拍
　　　　炫目多變的舞步
　　　　旋動交錯
　　　　從櫸簷相接的屋巷
　　　　跳上金身比肩的城街
　　　　穿過漫飛雨光　　奔越卡其編成的網
　　　　時而跌宕　　時而高亢
　　　　晚星隱於霓光
　　　　高聳的塔樓上我們一同旋轉、滑步
　　　　永恆不會說謊
　　　　那些他曾經歷的冒險

他都將我攬在懷中共同經歷
要好幾回人生才能體驗的幸福
我用一輩子就領略
要好幾輩子才能享受的哀愁
隨著我垂臥的身子
我也共同領受
輪迴還來不及追上－
我們不停旋轉－陣陣酥麻的暈眩

耶路撒冷

今天貨櫃也要準時
說好的七三分帳
又有新的玩具
孩子可樂
跟著時代潮流
滿肚墨水
聰明得五顏六色
說廢鐵鎮[53]
未免不明事理
點石成金
三萬個工作機會
我們不求感謝
多給一些照片
多拍一些他們哭
他們笑
亮晶晶的眼裡
充滿希望
不要煙霧
或河道
或者不知感激的

---

[53] 在日本漫畫「銃夢」中，底層居民所住之處。廢鐵鎮上空有稱作「沙雷姆」（Salem）的夢幻都市，會將不要的垃圾廢鐵傾倒至鎮上；「沙雷姆」（Salem）之上尚有宇宙都市「耶路」（Jeru）。中國小鎮「貴嶼」是全球最大的電子垃圾村，處理世界各地廢棄的電子產品，提煉其中的貴金屬，但因技術粗糙，過程中產生巨大汙染。

規章法條
他們為這個世界努力
一天三塊人民幣
我也為他們感到驕傲
人的價值不能以出身衡量
沒有他們
世界怎麼進步得任性？

雨
傘

雨傘　淋濕了
在門邊罰站
傻傻流著淚
其實沒有特別喜歡雨天
但烏雲靠近時
不小心竊喜了吧？

鳳
凰
城
54

起初是飄忽不定的閃爍
接著有一陣強光
然後第二天
我所熟悉的小城
突然洋溢著熱情與歡笑
我附和每個問候
虛應每張笑臉
明明有過激烈的爭執
卻沒有人放在心上
－好像戴著面具－
我依稀是那樣記得的
昨天…是昨天嗎？
不論穿著制服或者西裝
他們的表情跟他們的服裝
跟他們行進的路線一樣
充滿稜角
但沒有人放在心上
不斷有人走向我　向我問好
（我該用什麼表情？）
他們的一致　他們的喜悅
都不像存在這世上
（但我為何要在意？
看看鏡裡那個人
不是很開心嗎？）

54　Phoenix Lights，1997年3月13日，多人指稱曾見到不明飛
　　行物體之光點。

上帝視角[55]

光滑白晰，線條玲瓏有緻
俯瞰更是清楚[56]
美，美得恐怖[57]
積木巧妙堆疊得很是歐洲
在彩色的流域上頗發幽情
波浪層層吃上沙灘[58]
或許將沙雕也熔毀燃燒
城市裝飾著寂靜的漂流木
是巨大的裝置藝術
美，美得恐怖

誰目擊這史詩般的一刻？
飛行員們躊躇滿志
奔向多愁善感的雲間[59]
他們飛得太高，太驕傲
家國山水美得不容騷擾
古蹟本來就會自己起火
飛行當然難免墜落

---

[55] 指部分遊戲採用的由上往下俯瞰的視角，後引伸為全
知，對手做了什麼都知道。
[56] 台灣導演齊柏林於拍攝〈看見台灣〉紀錄片時發現汙水
排放、民宿違建、過度開發等問題，雖引起舉國關注，
但似無法特別改善。齊柏林於拍攝〈看見台灣II〉時，墜
機罹難。
[57] From W.B. Yeats，"Easter，1916"
[58] 據傳位於貢寮鄉的福隆海水浴場有逐漸縮小的跡象。
[59] From W.B. Yeats，"An Irish Airman Foresees His Death"

H + [60]

不確定這是第幾次
但感謝他們不保留我
我們要如何如水母[61]般變回自己
然後與自己爭論如何處理新的人生？
我是我，但我不完全是我

不假他人之手
太過沉重
是安樂死[62]或是協助自殺[63]？
技術上來說是安樂活
協助自活聽起來覺得拗口

只要活得夠久
問題應能迎刃而解
朋友和家族一起
就不用理會那些人說的關於寂寞

---

[60] Transhumanism的簡寫，超人類主義，廣義指透過科技改善人類存在之困境，如殘疾、老化等等。

[61] 燈塔水母可返回水螅狀態如同返老還童，因而如同擁有永生。

[62] Euthanasia，或稱mercy killing，由他人結束當事人生命以減輕活著的痛苦。

[63] Assisted suicide，由他人提供媒介如藥物，當事人結束自己生命。

的似是而非
沒有辦法的人就是出一張嘴
時候到了也只能在舊的身體碎念

話雖如此對於他們
我始終保持敬意　畢竟
沒有他們就沒有產業
可以不斷重來的人生
沒有一點娛樂恐失之乏味

看玻璃櫃裡面
他們抱著頭俯跪
他們的身體正承擔著難以想像的苦痛
我建議不要只是觀覽
我們也提供
鉅細靡遺的沉浸式體驗
當你們再次醒來
也才更能了解
為何早期它只散見於零星的部落

我們的行程
不僅止於醫療與病理
更在於探索人的命運與極限
如果不能將自己博物
便不可能為人生清創
我見證他們把人當作火炬

我見證他們以血灌溉農地
我見證他們多次
刪除重要的資料庫
我見證他們編碼
我見證他們排序
我見證他們任意調色
如同矢志抽象的點描派
不論多麼獵奇
我還是最關注冠於命題之上的命題－
什麼是人？

不
我不是孤單一人
漫長的旅程我當然也嘗試過
那最熱門的項目
曾化為數據
曾變換性別
但我認為
當她張開翅膀
展露令人垂涎的胸口
那是生之為人
最大的考驗

未來人

我是唯一的倖存者
從未來
我看見蕈狀雲此起
彼落
天火與海潮
讓塔樓與骨骼
同樣劇烈變形
即便將自己數據化
也無法躲過劫難
只有更前衛的型態
才能忍住這場災厄
天上的車
會飛的城市
瞬間移動
甚至行星穿梭
時間不再重要
心念是萬物所歸
你們比自己想得更有能耐
但多重次元會比思考更令人痛苦
指針沒有移動
證明我所言為真
你們所熟知的世界
將化為烏有
唯有我倖存
前來通報

你
只
是
還
不
知
道

你喜歡我
你只是還不知道
你最喜歡從右路傳中
在花襯衫飄舞的街頭打著赤膊
留了鬢角　雕字的後腦勺

你喜歡我
你只是還不知道
你在屋頂奔跑
跳躍
在煙霧瀰漫的倉庫
點數鈔票

你喜歡我
你只是還不知道
口袋裡的子彈你還不急著填裝
你也只是跟在旁邊
等小伙子們發完狠
再上去吐口口水

你喜歡我
你只是還不知道
一直咳嗽
發燒
點滴吊著
夢見盤著球一直奔跑

你喜歡我
你只是還不知道

如果你一直沒有遇到那個人
其實就是命中注定時候未到
渾渾噩噩地
別說大事　連小事也辦不好
以為什麼都無所謂
最後還是希望扮演主角

那麼來吧
親吻我尚未隆起的胸口
掀起我的裙襬
粗暴地探索
充滿我
做我生命的導演
你喜歡我
你只是還不知道

16（Ｔｏｗｅｒ）

我們看得太久太過專注
閱讀得太多擁有太多解釋
以至於我們無盡地膚淺
卻自以為博學而對尋常之事
輕蔑、漠然、悄悄生厭
於是我們在塔底挖起了地道
又在地道裡築起了塔
練習一百種語言並發明另一百種
設計了七項冠冕和十項兵階
再以學名和俗語為它們的分項分門別類
我們崇尚專業並鼓勵專注
雙手能及的就都是你的
我們喜好困難喜好難解的謎題
卻不敢直視猿猴的眼睛
我們可以用一百種謊言拿走牠們手裡的一根香蕉
或用一條鞭子叫牠們蓋起一百座蕉園
卻不敢教牠們一種語言
來辱罵我們
是誰又悄悄築起了塔挖起地道
在七種種族裡設計了十種職業？
我們書寫得太多解釋得太多
厭厭然地對尋常之事感到膚淺
我們轉換了一百種語系並更新了另一百種

渾然不覺窗外聲響隆隆　閃電的語言
只有一種

PISCES

北冥有魚

鯨不挑食
一張嘴吃遍七海

鯤不挑食
如何祈求供奉
嘴一張就通通下肚

瓶中花園[64]

一瓣嫩葉如何懂得整座花園？
海洋終究寬過杯緣
信仰超越智慧
我們當將自己完全託付於呼吸
學燈塔水母[65]不斷返回童心
對瓶外的光
全心皈依

---

[64] 密閉玻璃容器裡的植物生態系，可自給自足不需維護，完全與外界隔離。
[65] 在成熟後可無限次地返回幼體形態，故被認為是長生不死的生物，但較精確地說應為返老還童。

海底博物館

魚兒們不會注意
這些牠們居住遊憩的雕像
多麼怪狀奇形
一對上肢和一對下肢
有的赤裸有的背著十字
但大多
頭部光滑沒有表情
斜著仰著
或者低著彷彿沉思

長出綠色的鬚髮
和鬍鬚
接著漸漸變得多毛
難以直立
是什麼問題如此沉重？
或者那是一種謙遜
發自內心的膜拜？

都無所謂
海底的光不為懷疑存在
景觀彼此依附
他們頭上長出鮮豔的珊瑚
周身藤壺滿佈

約
拿
66

柔嫩的魚腹漆黑又黏稠
伸出的雙手彷彿沒入其中
五指不見　一坪不到
連呼吸都困難的房間
胸口和頭顱都施以緊箍
螃蟹也學會懺悔以及祝福
僵硬的肢體變得柔軟
回到嬰孩的姿態
在肚裡語言也產生變化
是或不是都以「是」表達

Jonah，在舊約聖經中，因忤逆上帝而遭大魚吞入腹中，
懺悔後得以獲釋。聖經似傳達上帝盼約拿往大處看，理
解為何他的敵人值得拯救。

鱷
魚
先
生

鱷魚先生夢想著
離開水

於是他被
分發到草原
一面吃素
一面變成了長頸鹿

調色　　過去的那一套已經行不通了
等待追認這種事苦了自己也苦了後人
好的東西就應該馬上宣傳
哪怕是蒙娜麗莎的微笑
也要四格起來沃荷
看圖說故事才是主流
企業或明星二代
多才多藝、考上名校
不是理所當然的事嗎？[67]
長得好看荷包滿滿當然也學識淵博
能歌善舞十項全能
這樣美麗的品種
當把自己分格
往光譜的兩端延展
調染成眾人嚮往的顏色
龍配龍　鳳配鳳
老鼠的兒子挖自己的洞
豬狗不如的掛名龍鳳
也算沾了光做了貢獻
當自己是龍鳳活了一遍
所有的顏色都有其獨特之處
放在一起調成最有代表性的一種
破百萬的追蹤如區塊鍊

---

[67] 2019年3月12日美國披露大規模入學舞弊，多名富人影星
以賄賂方式換取偽造的證明或成績進入名校。

書寫不容改動的歷史定位
醜小鴨如果父母是天鵝
不管多醜最後還是會變成天鵝
助紂為虐？
等你確定帝辛為惡再來說嘴

V M [68]

如果把我們的故事
想成一段平行的虛擬
或許我們都可以免於傷心
讓大敘事繼續前進
我的心於是謙遜成沙盒[69]
在生死之間優遊
畢竟那痛苦的人
只是我眾多的分身
而我，是他們的總和
是紛繁支線簇擁的唯一主線
開槍的不是我
把她們分袋包裝的也不是
開毒氣、按按鈕的不是
把他們重新組合的自然也不是
我不會為妳難過
我不會停下敘述
不管主題如何變化
曲子仍會自己反覆

---

[68] Virtual Machine，虛擬機器，利用軟體虛擬硬體，使用戶
可以用共同的硬體資源運作不同的作業系統與環境。

[69] Sandbox，指隔離環境，使意圖不明的執行程式受到控
制；但亦可指具獨立地圖，沒有特定劇情或結局的開放
式遊戲。

我會往前我會繼續
因為
我不是

櫻
花
鉤
吻
鮭
70

在溪裡載浮載沉
透明的身軀
在水裡發光
像一句閃現的詩行
瓶蓋已不知去向

我們的新品種
將取代我們征服四海
高貴的概念
捐棄肉身
更是永恆不滅

長句沉悶
在閃爍的微光間分解
精練的詩行
飽經咀嚼
離脫作者去蕪存菁

奠基於計算
我們的文明亦將臻至完美
以作者的姿態
一次性地行走於天地
與其等壽　與其長眠

---

[70] 台灣國寶魚種，一度瀕危，現處於復育階段。新台幣
二千圓鈔票以其做為主要圖案，市面少見。

Ｏｎｅ　Ａｒｔ[71]～紀念美麗的東華與生命

我們到達的時候他們已經離開
這片美如碎花光彩奪目的地方
我們於是以破碎的姿態前來

殘缺的我們學習認識殘缺的美
在支離破碎的每時每分相信
他們雖然離開但總隨我們的思念回來

離別始終是難以駕馭的藝術
如玻璃割破這如詩畫的時光
他們一個接著一個離開

留下的我們學習理解殘缺的美
卻在漫長的等待裡發覺
殘缺的我們如同花瓣
終究也將一個接著一個離開

離別始終是難以超越的藝術
不論多麼不捨
我們還是只能抱著缺憾離開

---

[71]　From Elizabeth Bishop，"One Art"

我們離開的時候他們尚未到來
但饒富深意的撕畫總從碎片開始
繁花將從彼此之中不斷盛開
如玻璃鑲出炫麗多彩的光　一次
又一次回來

水火不變

維蘇威地層底
　澎湃的脈搏
蘇門答臘海域中
　洶湧的潛息
斂容如昔
盤腿跪坐　　屏息
同滴水競棋
無刻度之犒束
敬更手以節氣　　於是
板塊離裂縫合如待主的壽衣
星盤轉調換韻
　　　　　易軌　　是永受囚禁
　　　　　偷火賊的飼餅

地容漸異
皺紋隨旗痣分布
時而年輕　　時而老邁
　　　　　水銀般四處流轉
亦有犯病之憂
常起鋼鐵的疹
　　　　頑固得是喉頭上的彎刺
　　　　其癢難耐
　　　　必須以去鬚焚髮為療
然唯水火不變
是為萬物之本源
　玄冰如淚

可為善民祝禱
悲傷如斯者
無心分辨何等族類
拱手默念
渾煙如血
可為志士畫盟
愁怒如斯者
無意判別何方神聖
振臂嘹喝

歸來吧　　莫再流浪
壽衣本無完成的一日
讓城裡的歸城裡　　讓土裡的歸土裡
可知遠方的腥味已將豺狼趕來這裡
離去吧　　莫再躊躇
一廂情願的殉道　　當無
解脫凌遲的可能
讓天上的歸天上　　地上的歸人間
海裡的魚溜進了河
　　　　即能止渴也換了顏色
　　　　是者　　萬物之本性

唯水火不變　　是為萬物之本源
　　水火不變　　唯萬物之本源

ARIES

This Is Just to Do

我已經改正
妳歷史的錯誤
帶著我們的孩子去繼續游牧[72]

力量
與生俱來
妳不知道我授予的是多大的祝福

神威來自信徒
沐香披金
不如兵符廣佈

聽他伸筋展骨
想他濃眉大目
鼓舞
This is just do it
This is just to do[73]

---

[72] 羅興亞人（Rohingyas）因複雜的歷史因素，在緬甸被迫
流亡以逃避種族清洗（genocide），而如同許多其他歷史
上的戰爭或日常衝突中會發生的，女性常遭性侵。

[73] From William Carlos Williams，"This Is Just to Say"

憤怒或者號哭
無法否認寧受膜祭不被觀覽
一旦習慣農務
就更一寸接近入土

Gamer[74]

就是這個時候
屏息凝神
每一根肌肉都繃緊鼓張
每一根神經如同琴弦
一旦顫動
就將觸發多重音響　這副身軀
就將彈射－
撲往早遭鎖定的目標

我是獵者
我全心信仰
感覺你充滿我
沒有一絲疑惑

張開雙臂我就能感受到
有力量源源不絕湧上
那是生命的恩賜
命運的舵把
強者所獨有的
獵者的資格

---

[74] "Gamer"為2009年電影，中譯名為"極限遊戲"。影片中參與
　　遊戲的戰士雖似實地執行作戰任務，實受遠端玩家指令
　　行動，遠端玩家可透過戰士之身體感官感知實戰現場。

只要開始奔跑
全身都會開始呼吸
熱與狂躁
空氣和雨
樹與大地
都喃喃細語
跟著我乘風而飛馳
而你乘著我
我是你的權柄
無堅不摧的劍

你透過我的眼看見
你透過我的存在知覺

我主　請授命
我已來到他們疏於防備之處
我已預備
指導他們
解脫他們
讓你的威能　透過我
榮耀這片大地

領袖　不要猶豫
我是你的延伸
讓我的力量　你的權威
洗滌邪孽

我是你的權柄
無堅不摧的劍

火
雨

　　本當如此　　陶土破碎回歸塵土
　　風沙掩捲千里烤層層新坯

　　磚礫四散　　當避帶火的雨
　　破陶瓦來自異鄉　　割開房舍
　　深深切進心坎　　聲響
　　迴盪　　仍蓋不過陣陣槍響

　　陶土即便生在沙漠
　　受太陽無情的試煉　　知曉
　　破碎地躺進塵土
　　任風沙烤成新坯
　　仍渴望水

　　破陶瓦來自異鄉　　割開太陽
　　深深埋進土壤
　　長成憤怒　　長成黑色的瓦
　　在城街破碎

驚蟄

花季已經開始
你還要往哪兒去啊？
聽那雪花的聲響
快點來喲，快點來喲！

明明還是無為之世
天卻已經習慣開始張著眼睡
而離去的腳印
踏過雪泥
踏過重重帷幕裡鶯燕的夢語

我是（界限組詩）

一瓶透明無瑕的水
在架上旋封冠蓋

昂然無懼因為信仰
冥然天地血脈純淨

孤
狼
[75]

【69死66傷
　具有政治傾向
　偏激、仇外、無交往對象
　警方判斷無疑為一人犯案－孤狼】

訂閱的新聞
這麼在iPhone的螢幕上顯示
他滲進狹小
堆滿寶特瓶跟飯盒的房間
已經散發出味道

但他們要兩個月後才會發現
（今年的第69例）
欠繳的房租
過期的帳單
賈伯斯[76]的桌布
美少女模型整齊排放
和一大袋
未中獎的彩券

---

[75] Lone wolf，常用以指稱一人犯案，無其他共犯或歸屬
　　組織。
[76] Steve Jobs。

元首

淬鍊
強健的體魄
英雄
領受感召
鍛造

正義並非一蹴可及
實況的即時戰略
惡魔
不會等待
為了成材
英雄需要鍛鍊
晨練午課晚點名
仰臥俯臥四腳臥
反覆
從頭
不容質疑

戰事在即
合理的傷亡
讓軍容
更精實盛壯
為了元首
修練
無語的魂魄

白
牙

他們發現我的時候事情將已經發生
我將被兩位白人警官擊斃
只因為我的膚色
而他們將被革職作為對輿論的回應
事實上那不過是斷尾求生的一著棋步
他們的家人在他們在獄中自殺之後
將會取得不知何時投保的保險金
而屆時整件事才會浮出水面
那才是真正的一槍斃命
多年來所有被誤射的都曾被好好瞄準
所有破碎的都已被完整拼起
我本不應倒在警車之後而是蛇籠之前
他們預見了，所以我們也得多想一步
如同武士對峙時洞悉對手的下一步
少了幾顆棋子不一定左右勝負
棋盤上不是所有白棋都衝著黑棋跨步

Christchurch[77]

神蹟
即將洗滌這個城市
紛雜蕪亂的
都將潔淨
回到最美好的最初
這個下午
耶穌不在
但總要有人站出來
結束這場鬧劇
太多的竊竊私語
太多的自以為是
包容過於擬真
讓他們
快要變成我們
要我們
也變成他們
但他們從來不想變成我們
我們
不得不變成他們

77　2019年3月15日，紐西蘭Christchurch發生近百傷亡，針對
　　當地清真寺的大規模槍殺案。兇手反移民、反穆斯林，
　　稱中國是離其理想社會最接近的國家；事件後除了發表
　　犯案動機，並將過程影片上傳至Youtube供人觀看。

眾人皆可見證
我們禮讓行人
我們的禮節
我們的家園
我們的血統
我們的國
我們堅定正信的意志
至清至真
他們能夠學習
能再教育
但眼下有些事
需要矯正

劍
鋒
下
指

寶劍靜靜懸在牆上
粥　在鍋裡滾著
風聲只在雪裡跋扈
仍讓鋤頭嚇得發抖

熱氣正蒸騰呢

或許脫去握柄　淺憶
　水裡　火裡　土裡
或更遙遠的宿命
然後靜思
　火裡　水裡　土裡
和更悠長的記憶

TAURUS

Sunday Brunch[78]

I

令人昏昏欲睡的週日早晨
歌聲和頌禱點數犧牲與奉獻
大人數羊的方式
竟與孩童如此不同
耶穌和他的父親都不做愛
宙斯跟他的小孩都不祈禱
道場至少制服整齊
知道自己拜的是誰
作為表演課程
大家還學得有模有樣
昨天開了Maserati
上週則是Lamborghini
師父感覺不算特別專一
眼見沒有中場休息
我悄悄從後門離開
這個時間還來得及
趕一頓提神的假日brunch

---

[78] From Wallace Stevens，"Sunday Morning"

II

路上的野狗對著我吠
我猜是因為袋裡的香味
有了香腸和項圈
我們大概就不會孤獨
太陽應該已經完全露臉
卻還沒收到幹部的回覆
比沒有才能更糟的只有懶惰
信仰沒有假期努力更不該有
大樓的電梯始終不直達頂樓
下停車場時就更不用說
可以讓底層住戶討論的股票
走勢通常也不難想像

III

但丁跟著我的拇指移動
刺激度遠勝過波西傑克森
手把傳來的震動
讓我不自覺跟著搖晃
吊橋上的軍隊
果然比較容易接受真主的告白
虛擬的寶物有真實的傷害
DLC[79]雖然沒勁至少童叟無欺
花錢買安慰　　到處都是酒店
遊戲結束就再重來
懂得投資強不過懂得投胎

---

[79] Downloadable Content，現代遊戲中常見須另外付費才能
擁有的道具或才能開啟的功能或世界。

IV

我的孩子永遠無法投胎
他的爸爸連舉都快舉不起來
看膩了棚拍試試找外景來看
享受風景多過泳裝跟C字褲
涼風輕拂海灘傘
綴有柑橘櫻桃的高腳杯
就這樣躺下或許也不壞
說到底酒水始終好過咖啡

V

他們圍成一圈好像在慶祝什麼
她們的表情充滿戲謔和厭惡
我找不到我的褲子
磁磚踩起來又冰又濕
記得是喜歡跳舞的
隨著肢體全身都跟著搖擺
如果不是喘不過氣
應該能讓大家更開心的
沒有人是一座孤島
我們是成群過冬的候鳥
裸身來了裸身離開
租賃比擁有更容易釋懷
如果記憶也無法長久存續
為何大驚小怪家具為什麼壞
或許某一天我們會想起最重要的那些
但那聽起來空洞

VI

成頁排列的未接來電
螢幕進入休眠
明天程式就要正式上線
媽媽昨天死了⋯
還是前天？

一下子的事

為什麼快樂需要假裝？
只不過是一下子的事
為什麼要那麼嚴肅？
如果說是為了孩子著想
未免太過矯情
這世界已不是我們能夠單打獨鬥
需要更多人手來駄
勞動　然後單純地快樂
那不就是我們苦苦追求？
太多的心理活動
相信生命大於我們的雙手
是罪惡
是無法佐證的難題
我們如稻麥結穗
疲累　然後死去
那是最美的信仰
難免的缺陷或厄運
終將在我們短暫愉悅後
結出更豐美的果實
與種子
所以我們需要在意的
也不過就是我們身體所能帶給我們的
不要承諾永恆的國
不要把這礦金
打成迴廊豐富的項飾
野地是我們的大廳

我們一同圍火、高歌、跳舞
領受只屬於我們自己的權利
不過是一下子的事
為什麼要煩惱呢？
我是我　也只是我
我不是我不是我所不是
我的禱語只有我自己聽見
果子離樹不遠
不過是一下子的事

玉米田[80]（Ｃｏｒｎｕｃｏｐｉａ）

或許其他地方少見
但不久他們也當認知
這是最有效率的農作
最符合普羅大眾的需求
如果只是為了取悅少數人的口慾
那不過是炫技　是自我滿足
農業應該照顧更一般的
更日常的飢餓

為何使用繁複的工法
複雜的程序
讓單位的成本暴增？
只為刺激口舌之間
如同測試各項味覺
作物品項於是千變萬化
或者千挑百選地
找出最能挑逗味蕾
最美妙的那種口味

---

[80] 美國中西部最主要之農作物，功能多元，儼然成為食物
體系裡的中流砥柱；孟山都（Monsanto）甚至將其種子
專利化，漸漸排擠其他種類的作物。

而我們也是千挑百選
找出最能夠填補眾人空虛的穀粒
大量種植
讓它在我們的產線裡千變萬化

這樣重要的資產當然需要版權
任何人未經我們的允許都不可任意複製
但我們不奉行貴族那一套
他們那麼專橫地堆疊知識
篩選來者
最終最究極的口味只留給攻頂的人品嚐
而我們的好無所不在
我們闢的田愈多　印得愈多
認識我們就更容易
不須輪耕　不求甚解

我們所體驗的　我們學習
我們傳遞　交給後來的人
這是我們找到最好的路徑
所以我們標準化
放在土裡　放在書裡　放在血裡
這是我們共同的記憶
只有少數人吃的果實
也不必在意是否結出果實

我們曾經習慣秋收
但那已不合時宜　不符合大眾的需求
即便其他的作物
我們也能靠改變成份或日照
改變他們長大成材的樣子
我們得縮短週期增加效率
創造一種簡單的獨特
我們要處理的是飢餓

兩張牛皮大的土地

他們說只要兩張牛皮大的土地
漸漸我們的土裡就只長著他們的作物
孩子說著他們的話長得跟他們越來越像了

Bull-riding[81]

癲狂
上下跳著
　　　左右甩晃
轉圈
　　　蹬
前後來回
　　　跳躍
騰踏　　搖擺
　　　凌空
單手
　　　始終空舉
保持平衡
翻滾
　　　落地
瘋狂
瘋狂的歡呼
如右鉤拳那樣炸開
比百米更快
比獵槍更響
　　　牠投來的眼神

---

[81] 在職業騎牛大賽中，騎手競賽騎上特別挑選或配種出的
　　特別狂暴或躁動的牛隻，單手騰空不觸牛達到8秒即算通
　　過，騎手跟牛都會被分級，計入評分。

不是憤怒　不是混亂
似是一絲同情
　　　牠
怯然地逃進柵欄之後

掌聲持續
　　　伴隨著喧鬧與尖叫
乾冰與火焰
贊助商的旗幟飄揚
我的臉映上
獎盃
　　　閃閃發亮

修
昔
底
德
[82]
艦
隊
[83]

紅色映入牠的眼簾
但牠奔向紅布的主人
那人凌空
　　翻滾
　　　　落地

沉默
之後瘋狂的歡呼
在牠耳邊響起
牠的眼裡只有紅色

---

[82] 出自伯羅奔尼撒戰爭史（Peloponnesian War），修習底德
陷阱（Thucydides's Trap）以斯巴達及雅典為例，指崛起
的新強國與現存的強國必有衝突，恐終須一戰。修習底
德並提出〈米洛斯對話〉（Melian Dialogue），雅典給無
力反抗的米洛斯人的結論為，「強者恣意而為，弱者只
能承受苦難。」

[83] St. Augustine在其 *The City of God* 中述及亞歷山大大帝質問遭
逮捕的海盜為何騷亂洋海，海盜答曰，「我有一艘船，
被稱作海盜；而你擁有一支艦隊，做同樣的事，卻被尊
為皇帝。」

藏獒

孔武有力
渾身是膽
戰無不勝
主子趾高氣昂
與那人下注
定勝禿毛老狗

獒犬敗下陣來
那人方才開口：
「禿毛老狗非狗
落毛前稱作『獅』
鬥過參孫
鬥過海克力士
鬥過吉爾迦美許
配主角尚可
龍套綽綽有餘」

忽必烈汗

加入忽必烈汗的第一天
他就不只可汗，是滿身大汗
肌肉太過舒展，也收縮得厲害
痠痛，但有一種快感
認識了其他會員就更能進入狀況
二頭、三頭、胸大肌
股四頭跟大腿內側
她的身體一樣充滿線條
弧度卻美得不科學
聽她說有兩個小朋友
卻經常有不同的教練幫她壓背
她伸展起來像乾淨俐落的數字
他最喜歡一跟2
8比較困難，可是她從沒找他幫忙
上舉、棒式、核心鍛鍊
新的會員對他還是敷衍
她們比較喜歡洋教練
倒三角、AB線
他甚至開發自己的姿勢－成吉思汗推
偏偏剛來的小弟不長眼
竹竿般的雙臂拉出「單于弓」
居然也能射個好幾箭
不恥下問才驚覺
他原來只是一般上班族
但始終懷抱夢想不放棄
每月辛苦存下一兩萬

數年後（加上兩老投資五個億）
終於開了這間連鎖店
靈感來自一次變裝鴉片趴
初戀情人的那句「Who play one？」

浴衣

燒肉滋滋作響
香氣瀰漫
五彩的燈光
團染輕曳
穿梭屋台之間
浴衣
更顯得鮮豔

巨
嬰

快拿酒來快拿鞭
排排跪好化四足

我們的巨嬰叼著菸
正赤紅了臉哇哇哭

GEMINI

牽手

她說要牽手
我就跟她牽了手
她說想要親我
我就讓她親了
她說想抱抱我
我覺得她比想像中瘦
她說想跟著我
我就帶她到處亂走
為什麼要生氣呢？
我實在不懂
我只是跟她們牽手
大家不是都這麼做？

合
唱

寂靜
無光的夜晚
才會有這樣的景觀
星光似海
如裙襬翻旋
田裡的青蛙
聽見山裡的蛙鳴
也一同唱和起來

8 + 9 [84]

　　欲戴王冠，必承其重
　　你若不離，我必不棄
　　你贏我陪你君臨天下
　　你輸我陪你東山再起
　　一起
　　跟我們一起
　　是兄弟就一起

　　有輸過，沒怕過
　　輸要一起扛，贏要一起狂
　　不要低頭，皇冠會掉
　　不要流淚，壞人會笑
　　一起
　　跟我們一起
　　不離不棄，唯我兄弟
　　一起煞氣
　　一起搖擺
　　一起上天下海

---

[84] 八家將台語諧音，指於宮廟活動之青少年，後常帶有貶
　　意指小混混；本詩多句引自其次文化。8+9總和17，音似
　　「一起」和「義氣」。

不是說要一起？
現在一腳踢開
看貓沒點，當我是塑膠？
西米落[85]蓋刺青
掛金鍊以為自己了不起
花若自開，蝴蝶自來
沒有很可以，但你惹不起
我瘋起來，連我自己都怕
一起
是兄弟就一起
要死也要死在一起
狼若回頭，必有緣由，不是報恩，就是報仇

---

[85] 西裝之臺語。

COCO Challenge[86]

你覺得無趣，不是嗎？
你想這麼做，不是嗎？
你已經這麼做了，不是嗎？
你根本不值得，不是嗎？
你就是個笨蛋，不是嗎？
你不想成為大人，不是嗎？
你沒有救了，不是嗎？
你只會讓事情更糟，不是嗎？
你就是坨屎，不是嗎？
你只會傷害別人，不是嗎？
你根本不敢，不是嗎？
你什麼都做不到，不是嗎？
根本不會有人在意，不是嗎？
根本不會有人理解，不是嗎？
他們都不關心，不是嗎？
他們都不在意，不是嗎？
沒有人喜歡你，不是嗎？
沒有人在乎你，不是嗎？
你就是個笨蛋，不是嗎？
你沒有救了，不是嗎？

---

[86] MOMO Challenge中的MOMO鳥，原為東京某展覽上姑獲鳥之形象，後被用於網路誘使兒童自殺，類似「藍鯨」之遊戲。透過社群謀體傳播，或藏於卡通之中。

你只會讓事情更糟，不是嗎？
你就是垃圾，不是嗎？

…

：你做得到的，對吧？
：我們都在等你。
：你已經完成前面所有的挑戰。
：這是最後一個。
：你是最棒的，對吧？
：我們會為你驕傲。
：不做的話你的家人可能就糟糕了…
：不要猶豫，做吧。
：讓他們知道你有多重要。
：加入我們吧。

……
…

「你的朋友們剛剛完成了一個超酷的挑戰，
如果想知道就按下下面這個連結。」

「你不想自己一個人，不是嗎？」

Algol[87]

比端詳鏡中自己更可怕的
莫過於與鏡中我猜拳
輸了
而比那更可怕的
是那人露出更遺憾、更詭異的表情

另一個自己[88]
輕輕對我細語
「不只一個，你要小心」
所以我只能這麼做

當他們翻查滿桌的身分證件
鑿開水泥
露出不可思議、厭惡的表情
我也只能無奈聳聳肩
是他叫我這麼做的
除了這麼做我也別無他法

---

[87] Twin star of Algol，名為英仙座大陵五之食雙星，其中
Algol源自阿拉伯文，指"惡魔之星"。神話裡代表普修斯
（Perseus）提著的蛇髮女妖梅杜莎（Medusa）的頭，在
占星學上為不幸之兆。

[88] Doppelganger，或稱evil twin。據傳當見到另一個自己
後，便離死期不遠。部分傳說世上只能有一個自己，須
殺掉其他自己才能存活。

是緊急避難
是服從命令
是腦袋裡的聲音

我不該死，「不只一個」
我被關在三重的牢
鎮日抄寫經書
我已不是原來的我

離開之時我已不惑
「還有未完的事」
他這麼說

Triple Fool[89]

國王有對驢耳朵
國王有對尖耳朵
國王的學校堆滿骷髏頭
國王戴著面罩
國王開著坦克
國王的火焰焚起蕈狀的煙
國王的地學富五車
結成了穗長成了樹
發出了蘆葦隨風起舞
蘆葦直竄
蘆葦橫臥
「國王有對驢耳朵」
「國王有對尖耳朵」

---

[89] From John Donne，"The Triple Fool"

敗
血

病血何時充斥我的身心叫我不得不敗悔
關注它們的來歷？
病血阻斷我活躍的細胞，狙殺我站哨的靈血
我沒有傷口卻血流不止躺在這裡等待再一次的骨
　　髓移植
新的血將取而代之重寫病歷上的基本資料
指紋和毛髮卻仍不住泣訴新舊之間孰者才是救贖
新的衛兵登堂入室肩嶄新的臂章斬慣常的排斥
由是所有我的文字都在倡導某種巧妙的似曾相識
我已難再忍受與自我的斷離，即使那與過去相比
只是一種更堅決的斷裂。　誰取來我孩提時的臍
　　帶血－
且讓學童代替軍警捍衛未渡彼岸的樂園
然而是哪些面容守候在前？哪些同等可厭的家徽？
何苦受時間的騙，飼養另一批容貌相仿的狗？
我當像變形蟲分裂在每個篇章灌輸相同的大綱
只要換掉標題我們又有一甲子的藏書
但請鑑識遺落的指紋和毛髮　他們都在泣訴
新舊之間究竟孰者才是救贖
無端變異或隨機變異都為適應巧粉擅妝的病毒
極膚淺的叛逆或逸趣或衝動或將領向真名的冠冕
於是光明擁抱黑暗，死亡代行永生
火焰自焚，照耀無盡的黑夜
我是原生的血將為新生分裂
無名萬眾為永恆流變將各取其名
成道不自外於病血之起源

耳墜

一枚晶燦的鑽石耳墜
靜靜懸在我那黑人朋友的耳垂
她明媚、豔璀的光芒
於我眼底折散層層幻曼的彩光
水藍色的光芒
是我極熟悉的景象
滾潤如淚的光
在其他鮮豔的色彩裡搖曳
我因而看見那人戴上皇冠
舉劍指向天空
刺痛連續靜止的畫面
濃淡有致的血渦
於是在深淺不一的紅色裡棻竄而生了
藤蔓不再依附巨木
而在灰磚之間糾集盤聚
袘們無從遺忘的胎盤
正用石礫混著粗砂
淘洗那微微痙攣的囊袋
並且是哪位女孩為了美麗的緣故
生吞了那綠嬰的床褥
她令人難忘的面容光滑沒有一絲瑕疵
是價值連城的白璧
釉彩玻璃蛋殼其中的一片
那雞未曾見其蹤影
深沉的穠纖合度的夢
在金色的稻場逶邐

不消化的形體
不待地主再披銀網
——酣迷不起
是以我忽而忘神於
那棋羅星布的晶彩
水藍色的光芒
我極熟悉的景象
一枚晶燦的鑽石耳墜
我們靜靜懸在
我那黑人朋友的耳垂

光（行星組曲）

當末日吐出癲癇　所有的半音都熄滅
我們需要一個完整的音階
來對奇異的樂章告別

冥王星已經深深墜進
離死亡更遠的甬道
或許所有星體（包括我們）
都難逃更先進的天文學

我們當向未來借貸
迎接最完美的自己
並在星軌上滾出合角
富有了便不會再窮
潦倒的將來將不會再來

是時　相位不再改變
季節亦毋須變遷
永恆的光芒恆久不滅
牢牢釘穩羅列的橢圓

今日永存　所有音階
轟轟烈烈如一顆音堆
一瞬之間一
動人地炸裂！

反覆交融的火燄　賜我更強的視覺
見祂如同見我
順應渴望、慾念、與直覺
無所謂風險
各種可能、想像、與期待
都當窮盡如未來

（而）當今日吐出癲癇　所有的全音都熄滅
我們需要完整的音樂
來對華麗的樂理告別

我們共享命運　齊聲合唱
在巨大的奧秘裡一同發光

然而或許我們忽然發現
歲月的殘株上年輪不再同心
　以漩渦排列
如那通往深處的螺旋梯
雋永的詩行音韻不再劃一
而似海潮湧現
層層疊疊餘光熠熠

終究我們會像火燄消失在微光之中吧
這是唯一不變的真理
沒有絕對的永恆

一切都在旋變
因為

我們無法用不變去理解永恆
生命如流星那樣短暫
卻似黑暗那樣久長
一片落葉墜落的聲響
足以辯證一個物種的消逝
當冰川築起堡壘
準備對抗時間
她一句無心的話語
便將為崩滅切出第一條裂隙

當所有音樂都熄滅
未來毀於癲癇
我們需要一個瑰異的半音
來向現在告別

我不會忘記妳
因為我就是妳
我們是恆久的殘缺
反覆交錯的偏軌
不論多久我都將繼續
這場無盡的尋旅

我們無法用不變去體驗永恆
我們無法用不變去體現永恆

吃下果子的同時
樹也因長久的靜默而哭泣了
向天際延展的
是久經歲月焚煉的枯枝
我　只是他們其中之一

我們的手向天際延展
牽起如網　齊聲合唱

穹天浩瀚　繁星燦燦
我們在巨大的奧秘裡一同發光
當永恆吐出癲癇　所有的樂章都熄滅
我們需要華麗的音堆
來對奇異的樂理告別

影
子
的
影
子

影子的影子
曖昧地在光影之間
舞動
銀光閃爍
流動
我從而想起了
最初的那些時刻
我是如何學著喜歡妳
在自己也不明白的儀式裡
摸索著學會傷心　學會欣賞
或者化身破碎的美
我在一顆一顆的文字裡提煉
適合妳的項鍊
以我的肉身與我的血
洗沐賜給我的夜
只有在那樣的夜
我不用在意自己是誰

影子的影子
因為影子而坐立難安
焦躁的我們
都在追尋那張完美的面容
我於是屈膝
默禱
一步一跪地
來到這疊山梯

我知道重重翠林裡
火已為我焚過
但請原諒我
無法不回頭
賜給我的夜
我還不能領受
儘管在那樣的夜
我不用是誰
不為誰舞動
不為誰閃爍流動

影子的影子
曖昧地在光影之間
明白了影子
明白了光
妳為我舞動
為我旋轉
閃爍
我以我的肉身
為妳焚煉
妳永恆的夜
在夜裡
生出了光

我早該知道
我們是光

我們是影
我們是影子的影
影子的光

國家圖書館出版品預行編目

繁星燦燦 / 島(來者) 著. -- [臺南市] : 來者,
　2019.10
　　面；　公分
　　ISBN 978-957-43-7077-1(平裝)

863.51　　　　　　　　　　　108016120

繁星燦燦

作　　者／島／來者

出版策劃／來者

製作銷售／秀威資訊科技股份有限公司

　　　　　114 台北市內湖區瑞光路76巷69號2樓

　　　　　電話：+886-2-2796-3638

　　　　　傳真：+886-2-2796-1377

網路訂購／秀威書店：https://store.showwe.tw

　　　　　博客來網路書店：http://www.books.com.tw

　　　　　三民網路書店：http://www.m.sanmin.com.tw

　　　　　金石堂網路書店：http://www.kingstone.com.tw

　　　　　讀冊生活：http://www.taaze.tw

出版日期／2019年10月

定　　價／300元